ビブリア古書堂の事件手帖
～栞子さんと奇妙な客人たち～
三上延
MW01223125

イラスト◎越島はぐ
デザイン◎荻窪裕司

ビブリア古書堂の事件手帖

～栞子さんと奇妙な客人たち～

三上 延

プロローグ

六年前のその日、北鎌倉の坂を下りきった俺は、線路沿いの細い路地をだらだら歩いていた。

半袖の白いシャツの背中が汗でぴったり貼りついている。セミの声がうんざりするほど近い。あちこちに植えられた紫陽花はまだ散っていないのに、梅雨明けと同時に夏が始まっていた。

サーファー以外の地元民にとって嬉しくない季節だ。由比ヶ浜や江ノ島海岸は海開きしているが、このあたりの中高生は近所の海ではあまり泳ぎたがらない。よそから来た観光客でごった返しているし、波打ち際も変な色に濁っているせいだ。

俺は山の中腹にある県立高校に通う二年生だった。その日は日曜だったが、置き忘れていた教科書を学校まで取りに行き、家に帰るところだった。バス通学だった俺がJRの駅に向かっていたのは、一時間に一本しか来ない路線バスに乗り遅れたからだ。

道が狭い上に三方を山に囲まれた鎌倉は、場所によってはびっくりするほど交通の便が悪い。

右手に北鎌倉駅のホームが見える。ここのホームは異様に長い。改札口が一方の端にしかないので、延々と歩かなければ構内に入れなかった。

左手には古い家々が並んでいる。どの家の庭木も大きく育ち、緑を茂らせていた。知っている人間はあまりいないだろうし、存在を知っていても意識する者は少ないと思うが——この通りには一軒の古本屋がある。

年季の入った木造の建物には店名すら表示されていない。軒先には風で回転する古い立看板が出ていて、「古書買取・誠実査定」の文字が躍っている。錆(さ)び付いているせいかなかなか動かない。

その名称不明の店の前を、俺は通りすぎようとしていた。

異変が起こったのはその時だった。木枠の引き戸ががらがらと開いて、若い女が店の中から出てきたのだ。

ノースリーブの白いブラウスに紺のロングスカートという地味な服装で、ゆるく三つ編みにした長い髪を、うなじの上で巻き上げて留めていた。色素の薄い肌に大きな瞳(ひとみ)の黒さが目立つ。まっすぐ伸びた鼻筋の下に薄い唇があった。

俺よりも少し年上だろう。俺の知っているどんな人間にも似ていない。思わず足を止めるほど綺麗な人だったが、澄ました感じはしない。鳥みたいに唇を尖らせて、変にかすれた声を発していた。

「すー、すすー、すー」

口笛のつもりだと分かるまで時間がかかった。不器用な人なのかもしれない。

彼女は古い木造の平屋から小さなワゴンを引っ張り出している。どうやら彼女は古本屋の従業員で、開店の準備をしているらしい。

立ち止まったままの俺を尻目に、彼女はワゴンの位置を定める。「百円均一」と投げやりに書かれた木の板が立てかけてあった。特価品の本でも並んでいるらしい。

彼女は店の中に戻りかけて、立看板に目を留めた。「えい」と小さくかけ声を発して、スチールの板を手のひらで押す。看板はぎしぎし軋みながら回転し、「古書買取・誠実査定」の裏側を見せて止まった。

「ビブリア古書堂」

しばらく考えてから、それが店名だと思い当たった。名無しの店ではなかったわけだ。彼女は弾むような軽い足取りで店の中へ引っこんでしまった。俺が立っていることに最後までまったく気付かなかった。

（誰だ、あの人）

ここは白髪交じりの中年男が一人で経営する店だったはずだ。大学生のアルバイトでも雇ったんだろうか。

俺はふらふらと「ビブリア古書堂」に近づいていき、引き戸にはまったガラス越しに薄暗い店内を覗きこむ。書架の向こうにはうず高く本の積まれたカウンターがある。本の山と山の間から座っている彼女の姿が見えた。

彼女は覆いかぶさるように、大きな本のページをめくっていた。眼鏡の奥の目が大きく開かれて、らんらんと輝いているのが俺のいる場所からも分かった。時々、笑顔を作ったり大きく頷いたりしている。片時もじっとしていなかった。

（本が好きなんだな）

我を忘れて、とはこのことだ。ちょっと変わってはいるが、こんなにいきいきと楽しそうに読書する人間を見るのは初めてだった。俺にとっては羨ましい限りだ。なにを読んでるんだろう。なにがそんなに面白いんだ？

俺は引き戸に手をかけて、結局だらりと力を抜いた。そんなことを訊いてどうする。

読書なんて俺には縁がない。そういう「体質」なのだ。俺は沈んだ気分で店の前から離れ、駅に向かってのろのろ歩き出した。

薄暗い店内で本を読む彼女の姿が、一枚の絵のように俺の脳裏に残っていた。線路を渡って改札口を抜け、ホームに立っている間、あの店に戻って話しかけてみようかと何度も思ったが、結局そうしなかった。

俺は横須賀線に乗って家に帰った。

何事もなくやり過ごした自分を、別におかしいとは思わない。出会いのチャンスをうまく活かせる人間は、特別な才能の持ち主だ。凡人はなんとなく通りすぎてしまう。俺も凡人らしく普通に行動した、それだけのことだ。

それでも、今でも思うことはある——あの時、店に入って彼女と仲良くなることができていたら、一体どうなっていたことかと。ひょっとすると、俺の人生があの時点でちょっと違うものになっていたかもしれない。

まあ、仮定の話なんて無意味だ。考えていてもきりがない。


一応、前置きをしておく。

これは何冊かの古い本の話だ。古い本とそれをめぐる人間の話だ。

人の手を渡った古い本には、中身だけではなく本そのものにも物語がある。人からの受け売りだが、正しい言葉だと思う。ただ一つ付け加えるなら、その「物語」が美しいものとは限らない。目を背けたくなるような醜い内容もあるかもしれない。この世に存在するあらゆるものと同じように。

俺の名前は五浦大輔。今年で二十三歳になる。俺に関係している古い本——それはもちろん『漱石全集』だ。

まずはその話から始めることにする。

第一話　夏目漱石『漱石全集・新書版』（岩波書店）

子供の頃から、俺は本というものが苦手だった。活字だけが並んでいる本がとにかくダメだ。長時間、ページをめくって字を追っていると落ち着かなくなる。胸の鼓動が高鳴り、手のひらに汗をかき、しまいには気分が悪くなってくる。恐怖症と言ってもいいかもしれない。

学校ではずいぶん苦労させられた。なにしろどの教科書にも活字がある。授業を聞いてノートを取る分にはさほど問題もなかったが、教科書を熟読しなければならない英語や現代文の成績はさんざんだった。「長文読解」という言葉を目にすると、未だに首筋の毛がざわざわ逆立つ。

母親や教師に話したこともあったが、本が嫌いでも仕方がないと慰められただけだった。人には向き不向きがあって当然、それほど気にすることはないよ。

気持ちはありがたかったが、まったくと言っていいほどの誤解だった。俺は読書が嫌いなわけではない。読みたいのに読めなかっただけだ。読もうとすると体が拒絶するのだ。

誤解が解けなかったのは説明が下手だったせいもあるだろうが、俺の見た目がいかにも読書からほど遠かったことも原因に違いない。どこへ行っても人並み外れて背が高く、体つきもいかつい。誰が見ても知力より体力で勝負するタイプだった。運動会や体育祭では必ず選手をやらされていたし、体育会系の部活から勧誘を受けることも珍しくなかった。

しかし、俺はスポーツにあまり興味はなかった。本を読みたかったのだ。学校ではしょっちゅう図書委員をやっていた。皆の嫌がる本の整理がまったく苦にならなかった。当時の俺の楽しみは、書架の端から背表紙を順番に眺めていくことだった。中を開かずに想像するだけなら問題はない。

ところで、この「体質」は生まれつきのものではない。原因には心当たりがある。それが『漱石全集』にまつわる話の、俺にとっての発端ということになる。

あれは小学校に上がる直前のことだ。こぬか雨の降る春の日、俺は二階の居間で一人本を読んでいた。

一応、俺の実家について説明しておく。

実家の場所は大船だ。大船という土地は横浜市と鎌倉市のちょうど境で、東京からJRで鎌倉観光へ行こうとすると必ず通ることになる土地だ。

大船駅近くの小高い丘には、上半身だけの巨大な観音像が建っている。ライトアップもされていて立派なのだが、木々の間からぬっと白い顔を出している姿はちょっと不気味でもある。薄目の観音に二十四時間見つめられていることを除けば、あまり特徴のない地味な住宅街だ。

昔は観音像の他にもう一つ珍しいものがあった。日本有数の映画撮影所だ。俺が中学生の頃に閉鎖されてしまったが、かつては日本映画の黄金期を支えていた、と祖母からよく聞かされていた。映画に詳しくない俺にはよく分からないが。

撮影所の目と鼻の先にある「ごうら食堂」が俺の家だ。グリンピースの載ったカツ丼が沢庵と一緒に出てくる普通の定食屋だった。

俺の曾祖父にあたる人が建て、祖母が引き継いで営業していた。撮影所のスタッフで昔は大繁盛していたというが、俺が物心ついた頃には客はお世辞にも多いとは言えなかった。

店の評判が悪くなったわけではない。撮影される映画の本数が減り、それにつれて撮影所で働くスタッフも減ったのだ。祖母は店員を雇わずに、一人で店を切り盛りするようになっていた。

俺たちは食堂の二階に住んでいた。祖母と母と三人暮らしだった。父は俺が生まれる前に他界し、母は実家に戻って俺を産んだ。ちなみに「大輔」と名付けたのは祖母だ。

母が横浜の食品会社で働いていたので、しつけはほとんど祖母の担当だった。箸の上げ下ろしからお辞儀の角度に至るまで、一つ間違えると十の説教が飛んでくる。唯一の男孫だったが、甘やかされた記憶はまったくない。

祖母は顎がふっくらして柔和そうなのに、目つきだけが変に鋭かった。山の上の観音様にそっくりの顔立ちだった。

さて、さっきも書いたように、その日の俺は二階の居間で一人で絵本を読んでいた。確か『ぐりとぐら』だったと思う。この日この時までは、本が大好きな大人しい子供だった。絵本だけではなく、ふりがなつきの児童文学も少し読んでいた。本屋に行くたびに新しい本をねだっていた記憶がある。

家にある本を読み飽きて、俺は退屈していた。ランチタイムがもうすぐ終わる頃で、階下から客同士の話し声やテレビの音声が聞こえてくる。外へ遊びに行きたかったが、雨が降っているのでそれもできなかった。

居間を出た俺は、廊下の突き当たりにある祖母の部屋へ向かった。そこは北向きの小さな和室で、天井が妙に低い。この家は建て増しの繰り返しで、ところどころおかしな間取りになっている。

なるべくこの部屋に入らないように祖母から言われていた。しかし、俺には目的があった——本を探しに来たのだ。

和室の壁一面に大きな本棚がそびえている。並んでいるのはもちろん祖母の本だった。観音菩薩似の祖母も、結婚する前は可憐な文学少女だったらしい。店の手伝いで貰った小遣いはほとんど本に消えていたという。

祖母が集めていたのは主に明治や大正の古い日本文学だったが、その頃の俺には本の中身など分かっていなかった。これだけ数があるのだから、ひょっとして子供向けの本があるかもしれないと期待して来たのだった。

俺は並んでいる本を引っ張り出しては中を確かめていった。まだ漢字を読めない頃だった。出した本を棚に戻さずにそのまま畳に積み、また別の本に手を伸ばす。そのうち本を探しているのか、散らかして遊んでいるのか分からなくなってきた。

本棚のあちこちに隙間ができ始めた頃、一番下の棚に筐に入った小ぶりの本がずらりと並んでいることに気付いた。小さな本だから子供向けかもしれない、と妙な思いこみで顔を近づける。筐の背に印刷された書名は、残念ながらほとんど漢字だったが、一冊だけ平仮名のものがあった。俺は一文字ずつゆっくり読み上げる。

「そ、れ、か、ら」

どういう本なんだろう。棚から出してみようと筐に触れた時、

「なにをやってるんだい」

　頭上から低い声が降ってきた。はっと振り向くと、割烹着（かっぽうぎ）の祖母が俺を見下ろしていた。いつのまにか二階へ上がってきていたのだ。観音菩薩を思わせる細い目に震え上がった。

　俺は何十冊も本の散らかった畳の上に座りこんでいた。

　ふと、この部屋になるべく入らないように、という祖母の注意には続きがあったことを思い出した――もし入っても、本棚の本には絶対触るんじゃないよ。あたしがなにより大切にしてるものだからね。

　こういう時にしなければならないことは分かっていた。祖母は厳しい人だったが、きちんと謝れば許してくれた。いつだったか、食堂の椅子（いす）を並べてトンネルを作った時もそうだった。俺は正座をして、ごめんなさい、と頭を下げようとした――。

が、祖母の反応は想像を絶していた。俺の肩を乱暴に摑（つか）んで立たせると、度肝を抜かれている俺の頰（ほお）を立て続けに二発張った。容赦のない大人の力だった。本の上に倒れこんだ拍子に肘（ひじ）と太股（ふともも）をぶつけた。泣き出すよりも早く、俺は再び直立させられた。至近距離から観音菩薩の三白眼に睨（ね）めつけられる。恐怖のあまりもう少しで小便を洩（も）らすところだった。後にも先にも、祖母に殴られたのはこの時だけだ。

「……こんなもの、読んだりするんじゃないよ」

祖母はかすれた声で言い、だめ押しのように付け加えた。

「もう一度同じことをやったら、うちの子じゃなくなるからね」

俺はこくりと無言で頷いた。

正直言って、このことが本当に例の「体質」の原因なのか、心理学の専門家でない俺には断言できない。俺自身、あれが原因じゃないかと思い当たったのは成人してからだ。

はっきりしているのは俺が祖母の逆鱗に触れ、以来活字の苦手な人間になったということだけだ。もちろん、奥の和室にこっそり入ることもしなかった。

祖母がいつ俺の変化に気付いたのかはよく分からない。何年もの間、一言も触れようとはしなかった。祖母にとっても苦い記憶だったのかもしれない。

俺たちがあの日のことを話し合ったのは、なんと十五年以上も経ってからだった。近所の病院に入院していた祖母を、俺が見舞った時だった。お前を殴った時のことだけどね、と祖母が前触れもなく話し始めたのだ。

「お前があたしの部屋にいるのを見て、びっくりしたんだよ。それまでそんなことなかっただろ？」

つい先週起こったことを話すような口ぶりだった。一体なんの話なのか、理解するまで時間がかかった。

話している祖母も聞いている俺も、あの時とはずいぶん違っていた。俺は人より大きく成長し、成人式も済ませていた。もともと小柄だった祖母は瘦せてさらに小さくなり、体調を崩して店を休むことも増えていた。

ちょうど梅雨に入ったばかりで、外では雨が降っていた。季節の変わり目になると、祖母は偏頭痛に悩まされていたのだが、それがあまりにも長引くので入院して検査していたのだ。俺は就活の真っ最中で、会社説明会の帰りに病院を見舞っていた。スーツ姿で五歳の頃の話をするのは妙な気分だった。

「叩いたりするつもりじゃなかったんだ。あの時は悪いことをしたね」

遠くを見る祖母の目は妙に澄みきっていて、なんとなく気味が悪かった。

「勝手に部屋に入ったのは俺だろ。別に気にしてないって」

いちいち根に持つようなことではない。祖母に殴られたのは、後にも先にもあの時だけだ。しかし、祖母の表情は晴れなかった。

「今でも本を読んでいたら、お前の人生はだいぶ違ってたんじゃないかね。あたしはそう思うよ」

俺は指先で軽く眉をかいた。それはそうかもしれない。できない読書にこだわるのはやめて、大学では勧誘されるまま柔道部に入っていた。四年間で段位を取り、県の体重別選手権では上位に食いこんだ。短期間でそれなりに強くなったと思う。首まわりや肩ががっしりして、ますます体格がよくなった。

「……別に読めなくてもいいよ、今さら」

と、俺は言った。それは半分建前で半分本音だった。それなりに大学生活は充実していた——が、もし本を読むことができたら、きっと別のことをやっていたと思う。

「そうかねえ」

祖母はため息をついて目を閉じた。眠ったのかと思ったが、しばらくするとまた話を始めた。

「……お前はどんな相手と結婚するんだろうね」

「はあ?」

いきなり変わった話題に戸惑った。俺を叩いたことを持ち出したのもそうだが、さっきから妙に話にとりとめがない。少し様子が変なんじゃないか。

「結婚なんて当分先だろ」

そう言いながら、俺は開いたままのドアの外を振り返った。看護師が通りかかったら、呼び止めた方がいいかもしれない。

「本の好きな娘と結婚すればいいかもしれないよ。お前が読めなくても、きっと本のことを色々話してくれる……まあ、本の虫ってのは同類を好きになるもんだから、難しいだろうけどさ」

祖母はからかうように言った。冗談なのか意識がはっきりしていないのか、なんとも微妙なところだ。そして、ふと思い出したように付け加えた。

「……あたしが死んだら、あたしの本はお前たちの自由にしていいからね」

冷水を顔に浴びた気分だった。平静を装えるほど、俺は器用な人間ではなかった。

「な、なに言ってるんだよ……気が早すぎだろ」

ぼそぼそと言った。祖父や父は俺の生まれる前に死んでいたので、肉親のこんな言葉を聞くのは生まれて初めてだった。祖母は目を閉じたまま苦笑している。俺の動揺など分かりきっていると言いたげだった。

祖母の脳には悪性の腫瘍があり、余命いくばくもない状態だった。精密検査の結果を告知する前だったが、俺と母の態度から感づいていたのだと思う。観音菩薩の目は伊達ではなかった。

さっきから祖母がなんの話をしているのか、やっと分かった。

孫の俺に伝えておきたいこと——つまりは遺言だった。

＊

祖母の本のことを思い出したのは、葬式から一年あまり後——二〇一〇年八月の暑い盛りだった。大学を卒業した俺は相変わらず大船の実家に住んでいた。昼頃にようやくベッドを這い出した時、母の声が部屋の外から聞こえてきた。

「プー輔、ちょっと来て」

会社勤めの母が家にいることに首をかしげてから、今日が日曜だということを思い出した。卒業してから、曜日の感覚がふやけたように曖昧になっている。

あくびをしながら部屋を出ると、廊下の突き当たりのふすまが開いていた。母は祖母の使っていた和室にいるらしい。

「いてっ」

和室に入ろうとして、思いきり鴨居に額をぶつける。みしっと柱の軋む音がした。

「なにやってるの、プー輔。家が壊れるじゃない」

部屋の真ん中に仁王立ちになっている母が言った。天井からぶら下がった蛍光灯の笠（かさ）に頭が届きそうだ。もちろん俺ほどではないが、母もかなり背が高い。

「ここだけ鴨居が低いんだよ」

額を押さえながら言い訳する。前にも書いたと思うが、この家は増築の繰り返しでおかしな間取りになっている。低いと言ってもほんの数センチなのだが、微妙な分だけに油断しやすい。

「ぼんやりしてるからでしょ。今まであんた以外にぶつける人なんていなかったわよ」

そんなはずはないと思う。なにしろ、黒いゴムの板が鴨居に打ちつけてある。俺が物心ついた時にはもうあったから、この家に住んでいた誰かが頭をぶつけていたに違いない。俺一人がドジだと思われるのは心外だった。

「今、おばあちゃんの荷物を整理してたんだけど……」

そう言いかけて母はちっと舌を鳴らした。

「……ああもう、背が高いのが二人揃（そろ）うと狭っ苦しいわね。座ろう」

促されるままにあぐらをかいて、正座した母と向かい合った。下ぶくれの顔に細い目。眉一つ動かさずにきついことを平気で言ってのける。身長を除けば祖母とそっくりだ。母には姉が——俺から見れば伯母（おば）が——二人いるが、一番似ているのは母だった。

とはいえ、当人は母親からの遺伝をちっとも喜んでいない。似ているからこそ腹も立ったのだろう。祖母と五分以上穏やかに会話しているところを見たことがなかった。母が「ごうら食堂」を手伝わずに外へ働きに出たのも、顔を合わせたくなかったからだと思う。

「もう一周忌も過ぎたでしょ。そろそろ片付け始めようと思って」

と、母は言った。腰を下ろした俺たちの周りには、その言葉どおり段ボール箱がいくつも積み上がっている。祖母の着物やアクセサリーは伯母たちも交えて形見分けが済んでいて、この部屋に残っているのは誰も手を付けなかったものばかりだ。一回忌が過ぎるとなにがそろそろなのか分からないが、いつかは処分しなければならない。

俺はもぞもぞと背中を動かした。この部屋にいると未だに落ち着かない。こんな風に散らかってるとなおさら、五歳の時のことを思い出してしまう。気分を変えようと部屋を見回した俺は目を丸くする。重大な変化にやっと気付いた。

「ばあちゃんの本は？」

壁を埋めていた本棚は空っぽになっている。一冊も残っていなかった。

「本はこの中。整理してるって言ったじゃない。聞いてなかったの？」

母は傍らの段ボール箱をぽんぽん叩いた。

「関谷インターの近くに老人ホームがあるの知ってる？　あそこであたしの知り合いが働いてるんだけど、図書室を作るんで本を集めてるらしいのよ。うちに本があるけどどうですかって話したらすごく喜んでくれて、運んでいただければ何冊でも引き取りますって。じゃあ、うちでごろごろしてるプー輔に運ばせますって言って……」

「よそでもそう呼んでんのかよ……」

プー輔というのは俺のことだ。無職のプーと大輔の輔を合体させたらしい。不愉快なあだ名を広めてくれるものだ。

「本当のことでしょ。就職もしないでぶらぶらしてるんだから」

「……好きで就職しなかったんじゃねえよ」

俺の就職先は未だに決まっていない。横浜にある小さな建設会社から一度は内定を貰ったのだが、今年の二月にいきなり倒産してしまった。今も就活を続けているものの、面接までなかなかたどり着けなかった。俺は有名大学を卒業したわけではなく、体力以外にこれといった取り柄もない。この不景気も厳しさに拍車をかけていた。

「あんたはえり好みしすぎなの。自衛隊とか警察とか試験受けてみなさいよ。あたし譲りで人よりいい体格してるんだから、素直にそれを活かせばいいのに」

返す言葉もなかった。自衛隊や警察の採用試験を勧められるのは初めてではない。柔道の段位もきっとプラスに働くだろう。ただ、四年間武道をやってみて分かったのだが、俺は人と戦ったり争ったりするのは性に合わない。体を動かすのは苦にならないが、市民の安全とか国の平和を守るより、もうちょっと地味な仕事に就きたかった。

「で、本のことだけど」

俺は話題を変えた。公務員を目指す話は、とりあえず後回しにしたかった。

「ばあちゃんが大事にしてたもんだろ。無理に寄付なんてしなくても……」

「いいのよ」

母はきっぱりと言いきった。

「『あたしが死んだらここの本は自由にしていい』って言ってたんだから。あんた聞いたことないの？」

「あるけど、処分しろって意味じゃないんじゃないか」

自由に分けていい、つまり大事に取っておいて欲しいという意味かと思っていた。

しかし、母はやれやれと言いたげに首を振った。

「あんた分かってなかったのね。『どんなものだってあの世まで持っていけるわけじゃなし』があの人の口癖だったんだから。おじいちゃんが死んだ時だって、残ってたものをさっさと処分しちゃったわよ。そういう考え方の人だったの」

そういえば、祖母が祖父の形見らしいものを持っていた記憶がない。祖父が亡くなったのは遠い昔、母が小学校に上がったばかりの頃だと聞いている。ちょうど今ぐらいの暑い季節に、川崎大師へお参りに行った帰りに交通事故に遭ったらしい。

「あんたが読むなら話は別だけど？」

いや、読まない。というより読めない。どうせうちに置いてあってもここに並んでいるだけだ。読んでくれる人の手に渡った方がいいかもしれない。

「じゃ、俺が車で持っていけばいいのか」

俺はぐるりと部屋を見回した。本棚から降ろされたものの、段ボール箱に詰め終えていない本が畳の上に散らばっている。それらを箱に収めるところから始めなければならない。

「そうなんだけど、その前にちょっとあんたに相談したいことがあって」

母は傍らに積んであった本の一部を俺の目の前に移動させた。全部で三十冊ほど。他の本よりも小さくて薄く、少年マンガの単行本と同じぐらいのサイズだ。ささくれを撫でられたように、嫌な記憶が蘇ってきた。あの時、この部屋で手に取ろうとしていた本に違いない。『漱石全集』という書名に初めて気付いた。あれは夏目漱石の

『それから』だったのだ。

「どこかにへそくりでも入れ忘れてるかもと思って、あたし一冊ずつめくってたんだけどね……」

そんなことやってたのか。呆れている俺を尻目に、母は例の『第八巻 それから』と印刷された筐から本を出した。薄いパラフィン紙に包まれた表紙をめくって見せる。

「こんなの見つけちゃったのよ、ほら！」

なにも印刷されていない見返しの右側に、細い毛筆で文字が記されていた。さほど達筆とは言えない。文字のバランスや間隔が微妙に変だった。

「夏目漱石
　田中嘉雄様へ」

書きこみは二行に渡っている。「夏目漱石」は見返しのちょうど真ん中あたり、「田中嘉雄様へ」は綴じこみの近くにあった。

「これ、夏目漱石のサインなんじゃない？　本物だったら凄いわよね！」

母は目を輝かせているが、俺のテンションはあまり上がらなかった。本物だったら確かに凄いが、偽物だったら別に凄くはない。

本を受け取って開くと、古い紙の臭いがぷんと立ちのぼった。活字の羅列を眺めているとみぞおちのあたりが冷えてくる。慌てて最後の方までページをめくっていくと、発行年月日が目に飛びこんできた。昭和三十一年七月二十七日。発行元は岩波書店。

「……おばあちゃんが結婚する前の年ね」

俺は首をかしげた。夏目漱石ってそんな時代まで生きてたか？　もっと昔の人だった気がするが。

「この田中なんとかって人、誰なんだ？」

祖母の名前は五浦絹子だ。まったく違う。それにもし夏目漱石が本当にこの人にサインしたとして、どうしてそれを祖母が持っているのか。

「知らないわよ。おばあちゃんの前の持ち主が書いてもらったんじゃない。なんか古本屋で買ってきたものみたいだし」

母は手を伸ばしてきて、ぱらぱらとページをめくった。名刺ぐらいの大きさの紙が、栞のように挟んである。どうやらこの全集の値札らしい。色あせた字で「全三十四巻・初版・蔵書印　三五〇〇円」と書かれている。昔の物価はよく分からないが、値打ち物にしてはちょっと安すぎないか。誰かがいたずらで書いたんじゃ――。

俺ははっと息を呑んだ。

よく見ると、値札の隅に古風な字体で「ビブリア古書堂」と印刷されている。薄暗い店の中で本を読む美人の姿が脳裏をよぎった。俺の通っていた高校のそばにあったあの店だ。

「この全集が今どれぐらいの価値があるのか知りたいのよ。値打ち物ならタダであげちゃうのももったいないし、うちで大事に取っとこうと思うんだけど。そういうことが分かる人、どこかにいないかしら。あんたの知り合いにいないの？」

北鎌倉駅の近くでスクーターを降りて、シートの下にヘルメットをしまった。

前カゴから取り出したデパートの紙袋には『漱石全集』が詰まっている。俺は数年ぶりに「ビブリア古書堂」の前に立っていた。あたりの風景も含めて、俺が高校生の頃となにも変わらなかった。車がすれ違えないような狭い道。古びた木造の建物。錆の浮いた回転する看板。相変わらず人通りはほとんどない。

きっと、祖母の若い頃からこの店はあったのだろう。新品の本ばかり買っていられるほど、定食屋の娘が小遣いを与えられていたはずがない。多くの本を集められたのは、こういう古本屋で安く買っていたからだ。考えてみれば当たり前の話だ。

　俺がここへ来たのは『漱石全集』を見てもらうためだ。それに祖母がこの店に来たことがあるのか訊いてみたかった。さらに付け加えれば、高校二年の夏に見かけた美人の話を聞けるんじゃないかとちょっと期待していた。

　六年前のあの日以来、ここを通りすぎるたびに店内を覗きこんでいたのだが、白髪交じりの店主が、苦虫を嚙みつぶしたような顔つきで働いているだけだった。用事もないのに店に入って尋ねるのも気が引けた。今日なら用事もあることだし、ついでに彼女のことを尋ねても不自然ではないはずだ。

　古本屋の引き戸には「営業中」のプレートがかかっている。薄暗い店内を覗きこむと、以前となにも変わらなかった。大きな本棚がいくつか並んでいて、その向こうにカウンターがある。

　カウンターの奥に誰かが座っていた。

　あの無愛想な店主ではなく、小柄な若い女性のようだった。うつむいているので顔はよく見えない。俺の全身の血が熱くなった。本当にあの時の彼女かもしれない。気が付くと音を立てて入口の引き戸を開け放っていた。

　店員が顔を上げる。上がりまくっていた体温が急激に下がった。微妙に伸びたショートの髪の下で、大きな瞳がぐりっと見開かれている。夏休みの小学生なみに日焼け

している が、高校の制服らしい白いブラウスを着ている。あの時の彼女とは似ても似つかない。まるっきり別人だった。

バイトの高校生——いや、ひょっとしてあの店主の娘かもしれない。少し顔立ちに面影がある。彼女は俺の提げている紙袋に目を留めた。

「あっ、買い取りですか？」

元気な声に迎えられて、ふと気付いた。俺は本を売りに来たわけでも買いに来たわけでもない。サイン入りの全集に価値があるのかどうか教えてもらいに来ただけだ。厚かましかったかもしれない。

かといって今さら引き返すのも馬鹿げている。とりあえず話だけしてみようと決めた。

本棚と本棚の間の通路にもうず高く本が積み上がっていて、俺の体格ではまっすぐ歩けなかった。足下の方にある本は引っ張り出せそうもないが、客はどうやって買ってるんだろう。

少女はカウンターの向こうで立ち上がっている。どうやら遠い後輩にあたるらしく、制服のスカートは俺の母校のものだった。夏休みに制服を着ているところを見ると、午前中に部活の練習でもあったのかもしれない。

「……買い取りじゃなくて、ちょっと見てもらいたいだけなんですけど、いいですか。昔、うちの祖母がこの店で買った本のことで」

ちょっと相手の様子を窺（うかが）ったが、黙って話の続きを待っているだけだった。俺は『漱石全集』の入った紙袋をカウンターに置いて、『第八巻　それから』を取り出した。筐から中身を抜き、例のサインが入った表紙の見返しを見せる。彼女は目を細めて顔を近づけてきた。

「このサインですけど……」

「うわっ！　夏目漱石って書いてある！　これ本物ですか？」

一瞬、反応に困った。まさかこっちが質問されるとは思ってもみなかった。

「それが分からなくて、ここへ来たんです」

「そうなんですか……んー、どうなんですかね？」

腕組みをしつつ俺の顔を見上げる。だからなんでこっちに話を振るんだ。

「……本物かどうか、見てもらえませんか」

「あ、今は無理です。店長がいないんで。あたしはそういうの分かんないし」

と、彼女はさらりと言った。

「店長さんは、いつ頃戻られるんですか」

そう尋ねた途端、彼女の眉間に皺が寄った。

「……入院してるんです」

少し声が低くなった。そういえば、臨時休業も多い店だった気がする。あの店主は体調がよくないのかもしれない。

「ご病気ですか」

「いえ……あの、足を怪我したんですけど……本の持ちこみがあると、あたしが病院まで持っていって査定してもらわないといけないんですよ。ああもう、すっごく面倒くさい！」

説明がいきなり愚痴になった。入院中も仕事を続けるとは驚きだ。古本屋はそういう時でも休業しないいんだろうか。

「まあ、大船総合病院だから、そんなに遠くはないんですけどね。ここから自転車で十五分ぐらいだし」

「……あ、あそこか」

思わずつぶやいた。うちのすぐ近所だ。俺にとっては病院と言えば大船総合病院だった。母が俺を産んだのも、祖母が息を引き取ったのもそこだった。

「とにかくお預かりします。あたしも夏休み中は部活があって、すぐ病院に行けるかどうか分からないから、何日かかかっちゃうけどいいですか？」

俺はしばし考えこんだ。わざわざ病院まで本を運んでもらって見てもらうのも気が引ける。なにしろ「本物だったら売らない」ことになっているのだ。持って帰った方がよくないだろうか。そう言おうとした時、彼女が先に口を開いた。

「あの、ひょっとして大船総合病院によく行ったりします？」

「……うちの近所だけど」

彼女の表情がぱっと明るくなった。

「だったらこの本を病院に持っていってもらえませんか？　あたしから連絡しときますから、その場で鑑定してもらえますよ！」

「えっ」

病院に押しかけて古本を鑑定してもらうなんて聞いたことがない。第一、この店には一銭の儲けにもならない頼みなのだ。あの強面の店主が聞いたら怒り出しそうだった。

「いや……そこまでしてもらわなくても……」

彼女はもう携帯電話を開いて猛然とメールを打っていた。俺の話をまったく聞いていない。あっという間に送信して、携帯をしまいながらにっと白い歯を見せた。

「メールしときました！　これでいつ行っても大丈夫ですよ」

今さら遠慮しますとも言えない。黙って頷くしかなかった。

それから十五分ほど後、俺は大船総合病院の駐輪場に移動していた。

六階建ての白い病棟が真夏の日射し(ひざ)にぎらついている。十年ほど前に建て替えられてから、この一帯で一番大きな病院になった。正面玄関の前に庭が広がっているが、遊歩道やベンチに入院患者の姿はない。セミの声だけがあたりに響き渡っていた。

『漱石全集』の入った紙袋を手に、自動ドアをくぐって建物に入った。クーラーの効いたロビーは外来の患者でごった返している。

俺はなんでこんなところにいるんだ、と思いながら、外科病棟に通じる階段を上がっていった。ここへ来るのは祖母の亡骸(なきがら)を引き取って以来だ。

祖母が他界したのは、病室で話をしてから一ヶ月ほど後だった。医師から正式な告知を受けた後、祖母は最後の思い出に草津(くさつ)温泉へ行きたいと言い出した。病状が安定していたこともあり、本人の希望であればと主治医の許可も下りた。

俺と母を付き添わせて、祖母は元気いっぱいに温泉を満喫した。母との口論ですら楽しんでいるようで、病人にはまったく見えなかった。しかし一週間後、大船のわが家へ帰り着くと同時に昏倒し、意識を取り戻すことなく息を引き取った。はかったような鮮やかな往生ぶりに、親族も泣くより前に呆然としてしまった。

ナースステーション前の面会簿に名前を書き、あの少女に教えられた病室を目指す。心の準備をするよりも早く見つかった。俺は軽くため息をつき、覚悟を決めてノックをした。

「失礼します」

返事はなかった。もう一度ノックしても同じだった。仕方なくドアを細く開けて中を覗きこむ。

俺は棒立ちになった。

こぢんまりとしているが明るい個室だった。窓際にはリクライニング機能つきのベッドが置かれている。緩く起きあがったマットレスにもたれて、クリーム色のパジャマを着た髪の長い女性が目を閉じていた。

きっと読書の最中にうたた寝してしまったのだろう。膝の上で開いたままの本に、太いフレームの眼鏡が置かれていた。長い睫毛の下にすっと通った鼻筋。薄い唇が軽く開いている。柔らかい感じの美貌には見覚えがあった——六年前、ビブリア古書堂の前にいたあの人だ。少し頬の肉が落ちた気もするが、それ以外はあまり変わらない。

今の方が綺麗に見えた。

ベッドの周りには古い本が何列も積み上がり、まるで小さなビル街のようだった。入院生活の暇つぶしに持ちこんだと言い訳できる量ではない。病院に怒られないんだろうか。

ふと、彼女の瞼が上がった。目をこすりながら、ちらりと俺の方を見る。

「……文ちゃん？」

口から出てきたのは知らない名前だった。か細く、澄んだ声にどきりとした。声を聞くのはこれが初めてだった。

「本、持ってきたの……？」

眼鏡をかけていないせいか、俺を誰かと勘違いしているらしい。とにかく黙っていても埒があかない。喉の詰まりを吹き飛ばすように無理やり咳払いした。

「……こんにちは」

今度は聞こえるようにはっきり言った。びくっと彼女は肩を震わせる。膝に置かれた眼鏡をかけようとあたふたするうちに、手にぶつかった本がベッドから滑り落ちた。

あ、とかすかな悲鳴が聞こえた。

考えるよりも早く俺の体が動いた。病室の中へ大きく跳んで片手を伸ばし、ぎりぎりのところで受け止める。さほど大きくはないがずっしりと重い本だった。白地の表紙を埋めつくすように『写真（しゃしん）よさようなら　8月（がつ）2日（か）山（やま）の上（うえ）ホテル』と印刷されている。かなりの年代物のようで、カバーの端が折れて黒ずんでいた。

　我ながらいい反応だったと思う——しかし、顔を上げると彼女は毛布を胸元まで引き上げて、壁からぶら下がったナースコールのボタンに手をかけていた。大きく開かれた目には怯（おび）えの色がありありと浮かんでいる。見知らぬ大男がいきなり部屋に飛びこんでくれば誰だって驚く。慌てて立ち上がり距離を置いた。

「すいません。祖母の本のことで来たんです。北鎌倉の店に行ったら、ここへ来るように言われて……さっきメールが来ませんでしたか」

　今にもボタンを押そうとしていた指先が止まった。彼女はサイドテーブルに置かれていたノートパソコンを振り返り、目を細めて画面を見る——みるみるうちに頬が真っ赤に染まっていった。

「……もっ」

　も？　首をかしげていると、体を畳むように深々と頭を下げてくる。綺麗な髪の分け目がこちらを向く。人のつむじをまじまじと眺めるのは初めてだった。

「もっ、申し訳ありません……あの、妹がごっ、ご迷惑を……おか、けしまして……」

彼女は聞き取りにくい小さな声で言った。だいぶ噛んでいる。耳の先がますます赤くなった。

「わざわざ、ごっ、ご足労を……わたし、店長の篠川栞子(しのかわしおりこ)、です」

やっと事情が呑みこめてきた。さっき、ビブリア古書堂にいた少女がこの人の妹。あの少女は店長にメールを送ったと言っていた。つまり、以前とは店長が替わったということだ。

「前は他の方が店長さんでしたよね。ちょっと白髪のある」

「……それ、父です……」

「お父さん？」

おうむ返しに尋ねると、彼女は頷いた。

「去年、他界して……わたしが、跡を継ぎました……」

「そうだったんですか。それはご愁傷様でした」

深く頭を下げる。去年、俺も家族を亡くしている。彼女への親近感が増した。

「ご、ご丁寧に、ありがとうございます……」

沈黙が流れる。彼女は俺と目を合わせずに、喉元のあたりを見ている。俺の想像とは違って、内向的で上がりやすい性格のようだ。もちろん美人には変わりないが、ちょっと肩透かしを食った気分だった。というか、この性格で接客ができるんだろうか。他人事ながらちょっと心配になった。

「何年か前、お父さんの店を手伝ってませんでしたか」

と、俺は言った。彼女はきょとんとしている。

「高校生の頃、時々店の前を通りかかってたんです。近くの高校に通ってたんで」

「そ、そうだったんですか……ええ。時々ですけど……」

彼女の肩からわずかに力が抜ける。多少は警戒心を緩めてくれたようだった。

「あの……」

彼女はおずおずと手を差し出してくる。握手、ということなのか。戸惑いながら紙袋を置き、汗ばんだ手をジーンズで拭っていると、彼女がおもむろに言った。

「……本、ありがとうございました……」

全然違った。そういえば、床に落ちる前に受け止めた『写真よさようなら』をまだ持ったままだった。

「高いんですか、これ」

本を返しながら照れ隠しに尋ねる。彼女は斜めに首を振った。首をかしげているのか頷いているのか微妙なところだった。

「これは初版ですけど……あまり状態がよくないので……二十五万円、ぐらい」

「にじゅ……」

さらっと返ってきた答えに驚いた。こんな汚い本が？　思わず表紙をまじまじと見直してしまう。しかし、彼女はそれ以上の説明を加えなかった。二十五万円の本をサイドテーブルに無造作に置いて、もう一度手を差し出してくる。今度は一体なんだろう。

「……お持ちになった本、見せていただけますか」

彼女の視線の先には『漱石全集』の入った紙袋がある。おかしな用事を持ちこんだ自分にますます嫌気が差した。俺は乾いた唇を湿した。

「実はその、売ろうとして持ってきたわけじゃないんです。死んだ祖母の本を整理してたら、この全集にサインみたいなのが入ってて……ずっと昔、そちらの店で買ったものらしくて。どれぐらい価値があるものなのか、見てもらいたかっただけなんです。それでもいいですか？」

少しでも相手にためらう気配があったら、このまま持って帰るつもりだった。

しかし、篠川栞子はまっすぐに俺を見ていた。急に別人になったようだった。強い意志のこもった目に俺の方が気圧(けお)された。

「拝見します」

と、はっきりした声で答えた。

「あっ、岩波書店の新書版ですね」

手渡された袋を覗きこむと、彼女は目を輝かせた。まるで誕生日のプレゼントを開けた子供だ。最初の巻から一冊ずつ筺を外してページをめくっていく。背表紙に印刷されている作品名は『吾輩は猫である』とか『坊っちゃん』とか、俺でも知っているものばかりだ。

本をめくるうちに、彼女の唇に笑みが広がっていった。時々頷いたり目を細めたりしている。例の下手くそな口笛もそれに加わった。吹いていることを意識しているようには見えない。夢中になった時の癖らしかった。

(……あ、これだ)

俺の記憶に残っているのはこういう表情だった。本を読むのが楽しくて仕方がないという表情。俺はその顔から目を離さずに、静かに丸椅子を引き寄せて座った。

不意に口笛が止まる。彼女の膝に載っているのは例の『第八巻　それから』だった。難しい顔つきで見返しに書かれたサインを見下ろしている——が、そこを眺めているのはほんのわずかな間だった。ぱらぱらとページをめくって「全三十四巻・初版・蔵

書印　三五〇〇円」の値札にぐっと目を近づける。なぜか値札の方に興味を惹かれたらしい。

篠川さんはサインの入った巻を膝の上に残し、続きの巻も順番にチェックしていく。最後にもう一度『第八巻　それから』を念入りにめくっていたが、

「やっぱり」

と、低くつぶやいて、俺の顔を見上げた。

「お待たせしてしまってごめんなさい。だいたい分かりました」

「どうだったんですか？」

「残念ですけれど、この署名は偽物です」

申し訳なさそうに彼女は言う。あまり驚きはしなかった。俺もうさんくさいと思っていた。

「やっぱり、本物のサインと違うんですか？」

「ええ。そもそも年代が違います。夏目漱石の没年は大正五年、この新書版の全集の刊行が始まったのは昭和三十一年……四十年も後です」

「四十年……」

本物か偽物かという以前の問題だ。死んだ人間が四十年も後に出版された本にサイ

ンできるはずがない。

「これって、別に珍しい本じゃないんですか」

「そうですね……この全集は廉価版として作られたものなんです。何度も増刷されていて、古書店にもかなりの数が出回っています。でも、註や解説は充実していますし、装丁も綺麗です。珍しくはありませんが、いい本だと思います。わたしは好きですよ」

まるで知り合いを誉めるように彼女は言った。表情や口調にはさっきまでの弱々しさがどこにもない。今の方がしっくり来る感じだった。もともとはこういう性格なんじゃないだろうか。

「岩波書店は日本で最初に『漱石全集』を刊行した出版社です。創業者の岩波茂雄は漱石にゆかりの深い人物で、漱石の弟子たちとも交流がありました。彼らは協力し合って最初の全集を作り、その後も数年おきに改訂して出版してきたんです。この廉価版でも手を抜いていません。漱石の日記が初めて全部公開されたのはこの全集ですし、各巻の解説は漱石の弟子である小宮豊隆が、この全集のために書き下ろしたものですね」

彼女の説明はよどみがない。聞いているうちに引きこまれてきた。

「あの、『漱石全集』って何回も出てるんですか」

「岩波書店だけではなく、色々な出版社から全集と名の付くものが世に出ています。最後まで刊行されずに中断されたものも含めれば、これまでに三十種類を超えていますね」

「……凄いな」

と、思わずつぶやいてしまった。

「そうでしょう。日本で最も愛されている作家と言っていいと思います」

わが意を得たというように篠川栞子は頷いた。しかし、俺が凄いと言ったのは大昔の文豪ではなく、すらすらと説明している彼女のことだった。伝わらなくてほっとしたような残念なような、複雑な気分だった。

俺は他の本とは別にされている『第八巻　それから』を見下ろした。

「じゃあ、この本のサインって、ただの落書きってことですか」

打てば響くようだった返答に初めて間が空いた。

「……そう考えてもいいと思いますけど……」

困ったように眉を寄せている。なんだろう、と俺は思った。

「なにか気になることがあるんですか」

「大したことではないと思うんですけど、ちょっと分からないことがあるんです……

失礼ですけれど、お祖母(ばあ)様は蔵書にこういう落書きをされる方でしたか？」

「え？　いや、まさか」

俺は首を横に振った。とても想像がつかない。

「本をすごく大事にしてて……家族にも触らせなかったんです。うっかり触るとすごい勢いで怒ってたし」

祖母の本に触るのはタブーだということは、俺だけではなく親族全員が知っている。祖母と折り合いの悪かった母ですらそんな真似(まね)はしなかった。そもそも、うちには他に読書家はいないので、わざわざ触りたがったりしないはずだ。

「筋の通る説明はそれぐらいかなと思ったんですけど……そうですよね。まだご自分のお名前を書かれるなら別ですけど……」

篠川さんは『第八巻　それから』を再び筐から出して、表紙をめくった。俺は椅子の上で伸び上がり、改めてサインを覗きこむ。

「夏目漱石
　田中嘉雄様へ」

筆圧が弱いらしくところどころ線が細い。よく見ると女っぽい字だ。真似のしやすそうな癖のない字だが、俺の知っている祖母の筆跡ではなかった。

「誰かが持ってたこの全集をビブリア古書堂に売って、それを祖母が買ったってことですよね」

俺が言うと、彼女は本から顔を上げた。

「……そういうことになりますね」

「前の持ち主だった人が落書きしたんじゃないですか？　この『田中嘉雄』って人がそうだったとか……」

「いいえ、それも不自然なんです」

彼女は本に挟んであった値札を俺に見せた——「全三十四巻・初版・蔵書印　三五〇〇円」。

「この値札はわたしの祖父が、ビブリア古書堂を開店したばかりの頃に使っていたものです。今から四十五、六年前ということになりますね」

祖母が『漱石全集』を買ったのもその頃ということだ。四十五、六年前というと西暦では——ぱっと数字が出てこない。まあ、別にいいか。

「この値札には『書き込み有り』と書いてありません」

と、指を差しながら彼女は説明する。

「古書店では仕入れがあると、まず本の状態をチェックします。わたしがさっきやったようにです。こんな目立つところに書きこみがあれば普通は気付きますし、値札にもそのことを書くはずなんです。後でお客様からクレームがつくこともありますから」

「……あ」

そういうことか。俺にもやっと分かった。「落書き」のあることが値札に明記されていないのは不自然ということだ。

「だから、あなたのお祖母様がうちの店でこの全集を買った時、この偽の署名はなかったことになるんです」

俺は腕組みをする。なんだか話がおかしくなってきた。俺と彼女の言っていることがどちらも正しいとすると、この偽のサインをした人間はどこにもいないことになってしまう。そんな馬鹿な。

「あ……」

俺ははっとした。

「どうしました？」

「……ひょっとすると、祖父がやったのかも」

「お祖父様、ですか？」

「何十年も前に死んでるから、俺は会ったことないんですけど、うっかり祖母の本棚に触って大騒ぎになったみたいで……」

母から聞いた話では、もう少しで祖父を家から叩き出す勢いだったらしい。もし本に触っただけではなく、落書きまでしたのだとしたら——本に触った俺を殴ったのも分からないではない。昔の悪夢が蘇ったんじゃないだろうか。「もう一度同じことをやったら、うちの子じゃなくなるからね」というあの言葉も、祖父のやったことが頭にあったのかもしれない。

「他にやりそうな人はいないと思います。みんな本棚に触ろうとしなかったし……」

しかし、篠川さんは静かに首を横に振った。

「わたしは、違うと思います」

「えっ？」

「他のご家族ではなく……お祖母様ご自身が書かれたものだと思います」

彼女はきっぱり言った。

「なんでですか？」

と、俺は尋ねた。どうしてそんなにはっきり言えるんだろう。

「勝手に落書きされたとしたら、お祖母様が放っておかれたのは変です。この本には文字を消そうとした形跡がまったくありません……もし消すのが難しかったとしても、この八巻だけ買い直すことはできたはずです。さっきもお話ししたように、決して高価な本ではありません。何度も増刷されて、新刊書店でも長い間売られていました」

「でも……別に放っておいたつもりはないかもしれないですよ。誰かが勝手に書きこんで、祖母がそのことに気が付いてなかったってことも……」

俺は途中で口をつぐんだ。それこそありえない話だ。五浦家の観音菩薩はそんなに甘くなかった。誰かがあの部屋の本に触ったとしたら、すぐに気付いたはずだ。

（……本当にばあちゃんが自分で書いたのか）

もしそうだとすると、ただのいたずらとは言えなくなる。あの祖母が本を汚さなければならない事情があったということだ。俺は眉をぎゅっと寄せて腕組みをする。

「わたし、それにまだ気になっていることがあるんです。この値札ですけど」

不意にぷつんと言葉が途切れる。俺が目を上げると、篠川さんはぎょっとしたように視線を膝に落とした。つややかな長い黒髪が頬を隠している。

「……あの……申し訳ありません……」

彼女はぼそぼそと頼りない声で言った。『漱石全集』を渡す前の弱々しい態度に戻ってしまった。なにが申し訳ないのかさっぱり分からない。

「え？　なにがですか？」

俺は訊き返す。

「……だから……ご迷惑を……」

「え？　すいません。もう一度言ってもらっていいですか」

聞き取りにくさに身を乗り出すと、篠川さんは窓際に下がろうとする。俺がなにかやったんだろうか。戸惑っていると、彼女の白い喉がぐっと動いて、変なトーンの声を絞り出した。

「こっ、この署名が本物かどうか、だけだったのに……ちょ、調子に乗ってお喋りしてしまって……」

ますますわけが分からない。

「む、昔から、言われるんです……本のことばっかり、よく喋る、って……」

窓に映っている自分の姿に気付いたのはその時だった。丸椅子にどっかり腰を下ろした大男が、眉間に何本も皺を刻んで、刺すような細い目でこちらを睨みつけている。我ながら殺意があるとしか思えない。慣れない考え事をするうちに、祖母譲りの眼光を発していたらしい。

「おっ、お時間を取らせてしまって、本当に……」

そう言いながら『第八巻　それから』を紙袋に戻そうとしている。今にも話をやめてしまいそうだった。

「迷惑なんかじゃありません」

気が付くと大きな声を出していた。彼女は体をびくっと震わせる。紙袋ごと本を落としそうになり、大あわてで無駄に腕を回した。今度は床に落とさずにどうにか受け止める。ほっと肩で息をついてから、俺に見られていることに気付いて、恥ずかしそうに紙袋で顔を隠した。

「……続き、聞かせて下さい。お願いします」

今度は意識して静かに話しかける。彼女は紙袋の陰からおどおどと俺を窺っている。さっきまでの堂々とした話しっぷりとは本当に似ても似つかない。まるっきり別人だ。

「子供の頃、本のことで嫌な思いをしてから、本が読めなくなったんです。でも、読みたいってずっと思ってました。だから、こういう話を聞くのが楽しいんです」

気が付くと俺はそう言っていた。今まで誰にも理解されたことのない「体質」についての話だ。彼女は目を大きく開いてじっと俺を見ている。分かるわけないか、と諦めかけた時、顔の前から紙袋をどけた。大きな黒い瞳に輝きが戻っている。スイッチが入ったみたいに態度が変わっていた。

「本を読めなくなったのは、お祖母様に怒られたせいですか？」

彼女はよく通る声ではっきり言う。今度は俺が驚く番だった。

「なんで分かったんですか？」

「うっかり本棚に触ると、お祖母様が『すごい勢い』で怒ることをご存じでした。でも『みんな本棚に触ろうとしなかった』とおっしゃっていたので、自分以外のみんな、という意味かと思って……大騒ぎになるような怒られ方をすれば、本が読めなくなっても不思議はないでしょうし……」

俺は啞然とした。こうもあっさり言い当てられるとは。本のことになると、やっぱりよく頭が回る人だ。

俺は両膝に手を着いて腰を落ち着ける。もっと彼女の話を聞きたかった。

「わたし、古書が大好きなんです……人の手から手へ渡った本そのものに、物語があると思うんです……中に書かれている物語だけではなくて」

彼女は言葉を切って、正面から俺と視線を合わせた。まるでたった今、俺という人間の存在に気付いたみたいだった。

「……お名前、伺ってもいいですか」

「五浦大輔です」

「五浦さん、実は他にも気になっていることがあるんです」

名前を呼ばれた途端、背筋がぞくっとした。急に距離が縮まったような気がする。

彼女は再び「全三十四巻・初版・蔵書印　三五〇〇円」の値札を俺に向かって見せた。

「この値札の内容です。ここに『蔵書印』と書かれていますね」

「え？　……あ、はい」

「これです」

彼女はシーツの上に積まれていた『漱石全集』の山から一冊を取って、筺から中身を出した。『第十二巻　心（こころ）』だ。表紙をめくっても見返しにサインはない。その代わり、紫陽花がデザインされたスタンプのようなものが押されていた。

「これが蔵書印です。本の所有者が自分のコレクションに押す印鑑のようなものです。中国や日本で古くから盛んに作られてきたもので、所有者の好みによってデザインはさまざまです。普通の認め印と同じように、文字だけのものが一般的ですけれど、こんな風に絵をあしらうこともあります。この蔵書印を使ってらっしゃった方は、紫陽花がお好きだったのかもしれませんね」

「はあ……」

こんなものがあることすら知らなかった。大いに感心しかけて、ふと俺は疑問を抱いた。

「あれ、こっちの本にこの蔵書印って押してありましたっけ」

俺は彼女の膝に置かれている『第八巻　それから』を見ながら言った。こんな目立つものが押されていれば気が付いたはずだ。

「いいえ。それが不思議なんです。実は『それから』だけにこの蔵書印がないんです。他の巻にはすべて押されているのに」

「……それって変じゃないですか？」

「とても変ですね」

俺は唸った。三十四冊のうち、蔵書印がある本にはサインがなく、サインがある本には蔵書印がない。ますます謎が深まった気がした。

「……お祖母様がどういう経緯でこの全集をうちでお買いになったのか、聞いてらっしゃいませんか？」

「いえ……とにかく、結婚する前に本をよく買ってたとしか……多分、伯母たちや母も知らないと思います。誰もこういう古い本に関心がなかったんで」

「……そうですか」

と、彼女は口元に拳を当てて言った。

「だとすると、考えられることは、この八巻が……」

篠川さんは急に黙りこんだ。俺は慌てて窓ガラスを見る。今度は誰も睨みつけていなかった。俺の目つきのせいではないらしい。

「この八巻が、なんですか？」

焦れて先を促す。どうも彼女は続きを話すのをためらっている様子だったが、やがてすっと人差し指を唇の前に立てた。

「……ここだけの話にしていただけますか」

「え？」

「お祖母様のプライバシーに触れることですので」

「……分かりました」

少し迷ってから頷いた。祖母が生きているならともかく、もう一周忌も過ぎている。孫の自分がこっそり聞くぐらいは許されるだろう。とにかく話の続きを知りたくて仕方なかった。

「要は五浦さんがうちにこの本を持ってこられたことが、答えなんだと思います」

「どういうことですか？」

「もしこの署名や値札がなかったとしたら、古書店でこの本を買ったとは誰も思わないはずです。五浦さんのお祖母様は、ご家族にそういう風に思わせたかったのではないでしょうか」

「えっ？」

俺は目を丸くした。なんの話をしているのか、さっぱり分からなかった。

「思わせるもなにも、この本はもともと祖母がビブリア古書堂で買ったもんでしょう。買った後でサインを書いたんじゃないんですか？」

「わたしもさっきまではそう思ってました。でも、もう少し事情は複雑だと思うんです」

彼女は『第八巻　それから』を開いて、見返しのサインに触れた。

「これはケンテイ署名の体裁になっていますよね。普通はこういう場合……」

彼女はそこまで言いかけて、首をかしげている俺に気付いた。

「ケンテイは献上の献に贈呈の呈と書きます。作者が自分の名前だけではなく、本を贈った相手の名前も書くことを言います」

献呈署名。なるほど、一つ賢くなった。俺は頷いて先を促す。

「献呈署名のやり方に決まりはありませんが、贈る相手の名前を中央に書いて、その左側に贈る側……著者が自分の名前を書き添えるのが一般的です。でも、この本では逆になっていますね」

手紙の宛名(あてな)などと同じ要領ということだろう。確かにこの本では「夏目漱石」の名前は中央に、左側に「田中嘉雄様へ」と書かれている。

「そういうことを、祖母が知らなかっただけじゃないですか?」

「かもしれません……でも、もっとおかしなことがあるんです。どうして五浦さんのお祖母様は、これを献呈署名の形になさったのか、です。署名本に見せかけたいだけなら、漱石の名前だけを書けば事足ります。もう一つの名前は必要ないはずです」

俺もこの本を見た時から、ずっとこの田中嘉雄が気になっていた──一体、これは誰なのか。

「……わたしは、逆だったと思うんです」

穏やかな口調だったが、篠川さんの黒い瞳は興奮を物語るように輝いている。俺はさらに話に引きこまれて、ベッドの方に椅子ごと近づいた。

「……逆?」

「一人の人間が続けて書いたにしては、この署名の文字はバランスがおかしい気がします。もともとこの八巻に書かれていたのは夏目漱石ではなく、田中嘉雄さんの署名だったんじゃないでしょうか。そこに五浦さんのお祖母様が漱石の名前を書き足された……そう考えるのが自然だと思うんです」

「えっ、でも……この田中って人は、なんで作家でもないのにサインなんか書いたんですか」

「作家になりすましたつもりはなかったんだと思います」

彼女は顔を赤らめて答えた。

「これはプレゼントだったんじゃないでしょうか。贈り主が自分の名前を書いても、不思議ではありませんよね」

「あ……」

つまり、この田中嘉雄が祖母に贈ったということだ。

ふと、他界する前に祖母が言ったことを思い出した——本の虫は同類を好きになるもんだ。祖父は本を読む人ではなかった。結婚前、祖母が「同類」の男性と親しくしていたとしても不思議はない。

思いに沈みかけていた俺ははっと我に返った。それでは話の筋が通らない。

「でも、この全集はうちの祖母がビブリア古書堂で買ったんですよね。田中って人が贈ったんじゃなく」

「そこです。おそらく、田中さんが贈ったのはこの一冊だけでしょう。多分、お祖母様は名前入りの『第八巻　それから』を贈られた後で、うちの店で三十四巻のセットを買われたんです。おそらく重複した八巻は、処分してしまったのでしょう。この本だけに蔵書印がなかったことや、値札に署名のことが書かれていなかったことも、それで説明がつきます」

「な、なんでそんなややこしいことするんですか？」

「この八巻を他のご家族に見られないようにするため……万が一見られても、プレゼントだと気付かせないための偽装だと思います。『漱石全集』の八巻だけが本棚に混じっていたら、人目を惹くかもしれません。それで、うちで三十四巻のセットを買ってこられた……わざわざ値札を八巻に挟んだのも、古書店で買ったという『証拠』になるからでしょう」

「それじゃ、サインは？」

「漱石の名前を書き添えられたのは念のためだと思います。ご家族に本物だと信じさせたかったわけではなく……むしろ『前の持ち主が書いた、取るに足らない落書き』だと誤解させたかったんじゃないでしょうか」

このサインを見た時のことを思い出す。俺は偽物かもしれないと最初から疑っていたが、いたずら書き以外の可能性を考えたりはしなかった。祖母の偽装にまんまと引っかかったことになる。

「……そんなことまで、しなきゃいけなかったのか」

と、俺はつぶやいた。怖いものなしに見えたあの祖母が、ここまでして隠さなければならないことがあったのか。

「昔のことですし……ご事情があったんだと思います」

彼女は慎重な言い方をした。「事情」は俺にも察しがついた。祖母が結婚する前、曾祖父母はまだ健在だった。今とは時代が違う。親に隠れて異性と付き合わなければならないことは、今よりもずっと多かったはずだ——結局、祖母は見合いをして祖父と結婚した。この田中嘉雄とは、きっとどうにもならなかったのだ。

俺はこの病院で祖母が話したことを思い出していた。殴ったことを謝った後で、急に俺の結婚相手に話題が飛んだ。『それから』に関する話をしたことで、結婚を連想したのだろう。だとすると、「死んだら自分の本を自由にしていい」という言葉にも意味があったのかもしれない。俺たちにはこのサインを見せてもいいと思っていたんじゃないだろうか。

きっと、祖母にとってはすべて繋がっている話だったのだ。

「でも、なんで本棚に並べておいたんだろう。どっかに隠しておけばよかったのに」

それだけが理解できなかった。引き出しの奥にでもしまっておけば、こんな小細工をする必要はなかったはずだ。

「どこかにしまいこむよりも、他の本と一緒に並べておいた方が、かえって安全だと思われたのかもしれません。それに……」

彼女の手は『第八巻　それから』の表紙を愛(いと)おしむように撫でている。どういうわけか、俺を殴った祖母の手を思わせた。

「……すぐに手に取れるところに大切な本を置いておきたい、という気持ちもあったんじゃないでしょうか」

うつむいている彼女の目は、膝の上よりも深いところを見ているようだった。そういえば、この人も「本の虫」だ。恋人がいるとしたら、やっぱり同類なんだろうか。そう尋ねてみたいと一瞬本気で思った。

「……ここまでの話が、どこまで本当かは分かりません」

突然、顔を上げて彼女は言う。

「わたしたちが生まれるよりもずっと昔の話ですし、お祖母様に確かめることもできません……この本から読み取れることを繋ぎ合わせると、こういうことになるというだけです」

唇にかすかな笑みが漂っている。俺は夢から覚めたような気分だった。確かに祖母がこの世を去った今となっては、どこまで正しいかどうか分かったものではない。

ふと、篠川さんは手首をちらっと見下ろした。腕時計の時刻を確かめたようだった。これから診察でもあるのかもしれない。

「この全集、どうなさいますか？　もしよろしければ、うちで買い取りできますけれど……」

「いいえ、持って帰ります。本当にありがとうございました」

俺は椅子から立ち上がった。値打ち物ではないとしても、この全集には祖母の過去が詰まっている。そうそう人手に渡してしまう気にはなれない。

「……話、面白かったです。すごく」

ベッドの上の篠川さんと目が合った。このままただ帰ってしまうのはあまりにも馬鹿らしい。今度また話を聞かせて下さいとか、次に繋がることを言おうと焦っていると、『漱石全集』の入った紙袋が差し出された。

「……どうも」

その袋を受け取ると、彼女の唇が動いた。

「……五浦大輔さん」

「は、はい」

急にフルネームで呼ばれて戸惑った。

「ひょっとして、命名はお祖母様ですか？」

「え？　……そうですけど、なんで分かったんですか？」

親戚（しんせき）以外に知っている人間はいないはずだ。知りたい人間がいるとも思えないが。

俺が答えを言った途端、彼女の表情がわずかに翳（かげ）った。

「……お祖母様が結婚なさったのはいつ頃ですか？」

今度は一体なんだろう。まだ話は終わってなかったのか？　戸惑いながらも記憶を探る。詳しいことは知らないが、そういえばつい最近誰かとそんな話になったような。

ふと、俺は紙袋の中を見下ろした。

「あ、そうだ。この本が出た次の年だって聞いてます」

俺は紙袋を開いて、一番上の『第八巻　それから』を指差した。

ほんの一瞬、彼女の顔がこわばったような気がした。あるいはただの見間違いかもしれない。

「変な話に付き合わせてしまって、本当に申し訳ありませんでした」

彼女はベッドの上で堅苦しく頭を下げた。

家に戻って結果を報告すると、母の顔色が変わった。

もちろん、祖母の過去については一言も触れていない。サインが本物ではなかったことだけ伝えたのだが、母の怒りのツボは別のところにあった。

「あたしがいつ古本屋に持って行けって言ったのよ。病院にまで押しかけて、ただで見てもらうなんて迷惑もいいとこじゃない。無銭飲食よりたちが悪いわ」

無銭飲食が出てくるあたりは腐っても食堂の娘だ。食堂の孫である俺にも、その罵倒は胸に刺さった。明日にでも菓子折を持ってお詫びに行ってくるように、という命令に大人しく従うことにした。成り行きとはいえ迷惑をかけたことは間違いない。それに、彼女に会いに行くいい口実になる。

次の日は平日だった。

俺が起きたのは昨日と同じく昼前で、母はとっくに出勤していた。階下に下りてポストを覗きこむと、応募した会社から通知が届いている。中を開くと履歴書と素っ気ない不採用通知が出てきた。俺はため息をつきながら通知をゴミ箱に捨てて、食堂の引き戸を開けて外へ出た。

相変わらず脳天を焦がしそうな暑さだ。じめりとした熱風が海の方角から吹いてきた。かすかに磯(いそ)の匂(にお)いが漂っている気がする。まったくもって快適ではないが、俺が子供の頃から慣れ親しんだ鎌倉の夏だった。

駅前のマクドナルドで空腹を充(み)たした後、駅ビルをぐるぐる回って「美味(おい)しいもの」を探したが、これだと決めることができない。彼女の好みが分からないこともあるが、買い物に集中していなかったせいだ。昨日病室を出る前の会話がまだ気になっていた。

祖母が俺の名前を決めたのか、祖母が結婚したのはいつなのか——どちらの質問も大した意味はなさそうだが、間違いなく彼女は俺の答えに動揺していたと思う。

昨日の晩、俺の名前が「大輔」に決まった経緯を母に尋ねてみた。

「あんたが生まれた時、あの人が強引に決めちゃったのよね」

と、母は吐き捨てるように言った。二十年以上も前のことをまだ根に持っているようだった。いい加減、母親を「あの人」呼ばわりするのもどうかと思う。

「昔からどうしても付けたかった名前があるって言われてね。あたしもつい押し切られちゃって……『大輔』なんてやめときゃよかったわ。なんか昔の暴走族みたいじゃない？」

俺は昔の暴走族ではないので、そこで同意を求められても困る。暴走族にどんな名前が多かったかなんて知るわけがない。

「一番好きな小説に出てきた名前らしいわよ。漢字を変えたけど読みは同じだとか言ってたわね。なんの小説だか忘れちゃったけど」

なんの小説かは俺が知っている。昨日、家に戻ってから『第八巻　それから』を開くと、主人公らしい男の名前は「代助(だいすけ)」だった。きっとそれにちなんで俺の名前を付けたのだろう。篠川さんもそのことに気付いたのだ。

本を開くと冷や汗が噴き出てきたが、我慢して冒頭を少し読んでみた。俺が読んだ範囲では、住みこみの書生と朝食を取りながら世間話をしているだけだ。そのうち代助がなんの仕事もしていない男だと知って、がぜん親近感が湧(わ)いてきた。あまり積極的になにかしそうなタイプとは思えないが、こっちの代助はこの後どうなるんだろう。例の「体質」さえなかったら、最後まで読むのに。

それにしても、祖母がどういうつもりで俺の名前を付けたのか不思議でならない。まさか真っ昼間からぶらぶらしている人間になって欲しいと願ったわけではないだろう——。

考え事をしながら商店街をぶらぶら歩いていた俺は、とある洋菓子店の前で立ち止まった。ビスケットにレーズン入りのバタークリームを挟んだ、レーズンサンドが名物の店だ。ここの菓子なら見舞いに持っていってもいいような気がする。それに、これ以上歩き続けるには暑すぎる。

店に入ろうとした時、見覚えのある小柄な女性が中から現われた。色黒で小太りの体型にくりっとした大きな目。顔を見るたびに子熊を連想してしまうが、俺の母親よりも年上だ。買い物を終えたばかりらしく、箱の入ったビニール袋を提げている。

「あら、大輔。あなたもこういう店でお菓子買うの？」

藤沢に住んでいる舞子伯母だった。

舞子伯母は五浦家の長女で、親族の中では一番の勝ち組と言っていい。

子供の頃から成績優秀で、横浜にあるミッション系の女子大を卒業してすぐ、電力会社に勤める男性と結婚し、滞りなく二人の娘を産んだ。大船に近い藤沢市の鵠沼にだだっ広い家を建て、家族四人でゆったり暮らしている。面倒見がよくていい人だが、話していると少し息が詰まる。

祖母や母とは顔立ちがあまり似ていない。仏壇に飾られている祖父の写真とそっくりだった。

「うちの美奈も先々月会社辞めちゃったでしょう。しばらく旅行行ったり友達と食事に行ったりしてて、やっとこの前から働き出したんだけど、場所が川崎駅のそばなのよ。若い女が川崎なんてやめたらって言ったんだけど、あの子全然聞かなくて」

俺は駅ビルの中にある全国チェーンのカフェに連れられて来ている。店内には伯母と同年代の女性客ばかりで、男の客は俺一人だ。居心地が悪いことこの上ない。

「……別に危ないところじゃないと思うけど」

話題は従姉のことだった。この前の一周忌で顔を合わせて以来だ。

「でも川崎は昔から男の人が遊ぶところでしょう。残業も結構多いから、心配なのよね」

川崎は歓楽街だと決めつけているらしい。以前はそうだったのかもしれないが、今の駅周辺はごく普通のショッピングモールになっている。そう言おうとした時、伯母はいきなり話題を変えた。

「そういえば、恵理は最近どうしてる？　仕事忙しいの？」

恵理というのは俺の母の名前だ。このところ残業が多いとこぼしていた気がする。

「……多分」

「あなたはどうなの。就職先は決まった？」

「……いや、まだ」

「どういうところに就職を考えてるの？　ちゃんと就活してるんでしょうね？」

いつのまにか、ただの説教になっている。大人になってから薄々分かってきた。この伯母が長々と自分の家族の話をする時は、相手の事情を訊き出したい時の前振りだ。何社か受けてるんだけど、今ハローワークにも行っていて、とへどもどしながら答えると、

「この不景気なんだから、自分の適性をきちんと考えないと就職なんてできないわよ。あなたは体力があるんだから、自衛隊とか警察とか受けてみたらどうかしら」

多少言い方は上品だが、母とあまり変わらないことを言っている。やはり姉妹なんだと妙なところで感心した。

「うちの主人も心配してるわよ。どうしてもうまくいかないようなら、いつでも相談に来なさい」

かなり興味をそそられた。伯父（おじ）は鵠沼の大地主の次男坊で、藤沢ではかなり顔の広い人らしい。昨年定年退職したが、市会議員選挙に立候補するという話もある。どこか就職先を紹介してくれるつもりかもしれない。

「あ、はい」

「あまりふらふらしてると、おばあちゃんもあの世で心配するわよ。あなたのこと、

目に入れても痛くないぐらいかわいがってたんだから」

俺はアイスコーヒーを噴きそうになった。

「いや。まさか。ないな」

あの細目にはごみの入る余地もなかったと思う。間違えても家族を手放しでかわいがる人ではなかった。

「恵理とまったく同じこと言うのね。二人とも気が付いてないなんて」

伯母は憂い顔でため息をついた。

「わたしはね、みんなより長くおばあちゃんを見てきたから分かるの。あなたと恵理がおばあちゃんのお気に入りだった……たまにうちに来たりすると、あなたたちのことばかり話してたわ。最後の旅行だって連れていったのはあなたと恵理でしょう？最初はわたしと主人が付き添う話が出てたけど、おばあちゃんが断ってきたのよ」

それは初耳だった。確かに会社員の母と就活で忙しかった俺よりは、定年退職した伯父と専業主婦の舞子伯母の方が、時間の自由はあったはずだ。

そういえば、祖母がこの伯母と口論したところを一度も見た記憶がない。母と違ってうまくいっていると思いこんでいたが、少し距離のある間柄だと言えなくもない。

「でも、なんで俺たちが……」

俺と母は外見にも中身にも可愛げがない。祖母のお気に入りになるような長所はないような気がする。

「……背が高いからじゃないかしら」

「はあ？」

俺は思わず訊き返す。しかし、伯母の表情は真剣だった。

「冗談で言ってるんじゃないのよ。おじいちゃんもそうだったんだけど、うちは小柄の家系でしょう。恵理とあなただけが特別なの。体格のいい人が好きだったんだと思うわ……ほら、おばあちゃんの部屋に入るところに、こういうのがあるでしょう」

伯母は指で細長い四角を作ってみせた。しばらく考えてから、なんのことを言っているのか分かった。鴨居に打ちつけてあるゴムの板だ。

「あれはね、わたしが小さい頃に、おばあちゃんが付けたのよ。あんなところまで背が届く人なんてうちにはいなかったのに、『次に生まれる子の背が伸びて、頭をぶつけたらかわいそうじゃないか』って……恵理を妊娠する前だから、もう四十五、六年経つかしら」

俺は息を呑んだ。頭の中でぐるぐると数字がまわり、それから不意に祖母の声がこだまする——「もう一度同じことをやったら、うちの子じゃなくなるからね」。

そうだったのか、と俺は心の中でつぶやいた。動揺を隠すためにアイスコーヒーを一口飲む。口の中はかさかさに乾いていたが、手のひらにはびっしょり汗をかいていた。

「……大輔はぶつけたことあるの？　あそこに」

俺は黙って頷いた。

「それじゃ、役に立ってるのね。おばあちゃん、きっと喜んだと思うわ」

伯母の言葉がひどく遠くから聞こえる。篠川さんがどうして驚いたのか、やっと分かった——いや、まだそれが本当に正しいと決まったわけじゃない。俺は顔を上げた。

「そういえば、前から訊きたかったんだけど」

できる限り平静を装って言う。前からではなくたった今思いついた質問だった。

「おじいちゃんってどういう人だった？」

グラスを手に取ろうとしていた伯母の手が止まった。沈黙が流れる。周囲の客の声が急にはっきりと耳に入ってきた。隣のテーブルで伯母と同年代の女性二人が、大きな声で喋っている。最近試した健康食品の中では、黒酢が一番効果があったらしい。

「おばあちゃんが、おじいちゃんの話をしたことはあった？」

そう訊かれて、初めて気付いた。祖母から祖父との思い出を聞いた記憶がまったくない。

「……いや」

「じゃあ、おじいちゃんが死んだ時のことも聞いてないわよね？」

「お袋から少しだけ……真夏に川崎大師へお参りに行って、交通事故に遭ったとかなんとか」

突然、伯母は軽く鼻を鳴らして苦笑いを浮かべた。冷ややかな表情にどきりとする。いつもの人のよさからは想像もつかなかった。

「恵理は小さかったから、真に受けてたのね」

独り言のように低くつぶやく。

「鎌倉にいくらでも神社仏閣(ぶっかく)があるのに、わざわざ川崎までお参りなんて変だと思わなかったのかしら。それもこんな真夏でしょう？　……川崎大師はね、おじいちゃんがふざけて口実にしていただけよ」

「……口実？」

「競馬と競輪よ。川崎っていえばそうじゃない。おじいちゃんはお酒も大好きな人だったわ。事故に遭った日もかなり酔っ払っていたのよ」

俺は二の句が継げなかった。今の今まで、祖父をそんな人間だと思ったこともなかった。

「おじいちゃんは婿養子で、結婚したての頃は真面目に働いていたそうよ。でも、わたしが生まれて、ひいおじいちゃんたちが亡くなった頃から、だんだんおかしくなっていったの。『川崎大師』に行ったまま何日も帰ってこないことが多くなったわ」

伯母が川崎を嫌う気持ちがやっと分かった。父親がギャンブルをしに行っていた街を好きになるはずがない。今でも近づきたくない街なのだろう。

「おばあちゃんが離婚しなかったのが不思議なぐらい……なにがあってもじっと我慢してたけど、本棚に触った時だけは別だったわ。あの時は本当に怖かった」

俺は喉元まで出かかった言葉をごくりと呑みこむ。まだ動揺が収まらなかった。

「大輔はおじいちゃんみたいになったら駄目よ。きちんと働きなさい」

突然、説教らしい口調に戻った。母も知らないことを教えたのは、戒めのためだったらしい。その言葉が合図のように、伯母は椅子を動かして立ち上がろうとする。そろそろ帰るつもりのようだった。

「……伯母さんは夏目漱石の『それから』って読んだことある？」

洋菓子店のロゴが入った袋を手に取った伯母が、怪訝そうに俺の顔を見上げた。両目が瞬きを繰り返している。

「ばあちゃんが大事にしてたもんらしくて、最近読み始めたんだ」

「どうしたの、急に」

そう言って、伯母の反応を窺った。戸惑っているが驚いてはいない。あの本に隠された秘密については、なにも知らないようだった。長女の舞子伯母が知らないとすれば、おそらく親族の中で気付いたのは俺だけだろう。

「わたしは読んだことないわね。映画は見たけれど。ほら、松田優作が主演の」

俺は首をかしげる。映画化されたことすら初耳だった。

「結局、どういう話？　主人公が働いてないことしか分からないんだけど」

「そうね、確か……」

伯母は記憶を辿るように視線を落とした。あまり印象に残っていないらしい。

「確か、主人公の男の人が、よその奥さんを取っちゃうのよ」

病院を訪ねたのは、西日が強くなり始めた時刻だった。

篠川さんは昨日と同じくベッドで本を読んでいた。ちょうど口笛を吹こうとしていたらしく、唇をちょっと尖らせていた。俺が病室に入っていった途端、顔を真っ赤にしてぎゅっと首を縮めた。

「こ、こんにちは……」

と、小さな声で言った。昨日、『漱石全集』の謎を解いた時とはまるで態度が違う。本の話をしていないと、途端に内気な性格に戻ってしまうようようだった。

「こんにちは。今、大丈夫ですか？」

「あ、はい……こちらへ……」

おどおどしながらも、椅子を勧めてくれる。ベッドに近づくと、膝の上に載っている本が目に入った。今日は文庫本だった。なんの本だろう、と思っていると、彼女ははにかみながら表紙を見せてくれる。アンナ・カヴァン『ジュリアとバズーカ』。変わった書名だ。どんな内容なのか想像もつかない。

俺は改めて昨日のことを謝って、買ってきたレーズンサンドを差し出した。彼女は慌てたように何度も首を横に振った。

「いえ……そんな、わざわざ……わたしの方こそ、つまらない話ばっかり……」

つまらない、という言葉に力がこもっていた。こういうものは受け取れませんと断り続ける篠川さんに、半ば押しつけるようにレーズンサンドの箱を手渡した。彼女は困り果てたように箱を見下ろす。

強引すぎたかもしれない、と思い始めた時、

「……わ、わたし、ちょうどおやつが欲しかったんです」

小声でつっかえながら言った。

「も、もしよろしかったら……一緒に召し上がりませんか？」

もちろん断る理由はない。彼女は箱を開けて、小分けに包装された一枚を差し出してくる。俺たちは同時にビニールの包装を開いた。

レーズンサンドは思ったよりもずっと美味しかった。バターの香りと酸味のあるレーズンがよく合っている。さっくりしたビスケットの歯触りもいい。

「わたしも、これを時々買います……次の日に食べても、しっとりして美味しいんです」

篠川さんは顔をほころばせて言った。まったく知らなかったのだが、これを選んで正解だったらしい。

俺は二口で食い終わってしまったが、彼女はまだゆっくり端をかじっている。一緒に食べようと言ったわりに、彼女はほとんど話をしようとしなかった。もちろん、『漱石全集』についても触れようとしない。

彼女は俺から聞いた話と、本に記されていることだけで、何十年もの間隠されていた祖母の秘密をすっかり見抜いてしまった。そして、あまりに重い秘密の中身に、俺が気付かないよう配慮している。さっき「つまらない話」と言ったのはそのためだろう。

もちろん、もう手遅れだった。

例の『第八巻　それから』が出版されたのは、昭和三十一年七月二十七日、つまり一九五六年——今から五十四年前になる。祖母の結婚が次の年だと聞いたので、てっきり田中嘉雄が本を贈ったのもその頃だと思っていた。

しかし考えてみれば、出版されてすぐに田中嘉雄が本を贈ったとは限らない。むしろ、大事にしていた本を贈る方が自然だ。

祖母がビブリア古書堂で他の巻を買ったのは四十五、六年前だ。結婚してから十年近く経っている。田中嘉雄が祖母に本を贈ったのがその頃だとすると、二人が付き合っていたのは祖母が結婚した後ということになる。漱石の『それから』は他人の妻を奪う話らしい。

祖母はその主人公にちなんで俺に「大輔」と名付けた。祖父母の結婚生活はうまくいっていなかった。ずっと昔からその名前を温めていた——ということは、もともと俺のために考えた名前ではない。きっと、母が男に生まれたら付けるつもりだったのだろう。母が生まれたのは、祖母が『漱石全集』をビブリア古書堂で買った後だ。

祖母は背の高い人が好きだったと舞子伯母は言っていた。だから母と俺を気に入っていたのだと。でも、おそらくそれは事実の半分でしかない。五浦家で背が高いのは俺たちだけで、他は全員小柄だ。祖父とは顔つきもまったく似ていない。

祖母は秘密の恋人の面影を、母と俺越しに見ていただけなんじゃないのか？

二階の和室の鴨居に打ちつけられているゴムの板。背の低い人間には思いつきそうもない配慮だ――誰かが頭をぶつける姿でも目にしない限りは。

本当は成長した子供たちのために打ちつけたのではないのかもしれない。もっと別の誰かが、怪我をしないためにしたことだったとしたら。他の家族がまったく知らない、俺のように体の大きな誰かが。

俺の本当の祖父は、この田中嘉雄で――祖母はそのことを必死に隠そうとしていたんじゃないだろうか。「うちの子じゃなくなる」という言葉は、文字通りの意味だったんじゃないのか？

まあ、すべてはただの想像だ。祖母のいなくなった今となっては、もう真相を確かめられそうにない。たった一つの可能性を除いては。

「……田中嘉雄は、まだ生きてると思いますか」

そう俺が言うと、最後の一口を食べようとしていた篠川さんの動きが止まった。

「ご存命かもしれませんね……ひょっとすると……」

彼女は目を伏せる。なにを考えているのか俺にも分かった。田中嘉雄が食堂の切り盛りで忙しかった祖母と会っていたとすれば、この近辺に住んでいた可能性が高い。ひょっとすると、今もまだ住んでいるかもしれない。

西日の射す病室に沈黙が流れる。口に出すのもためらわれる事実を、ここにいる二人だけが知っている。俺たちはお互いについてほとんどなにも知らないのに、なぜか秘密を共有する間柄になっていた。

「あの……五浦さん」

篠川さんの声が急にはっきり耳に飛びこんできた。

「今、どんなお仕事をなさってますか？」

突然、現実に引き戻された。オブラートに包んだ言い方はなさそうだったので、はっきり答えるしかなかった。

「……無職です」

「アルバイトは？」

「……今は、なにも」

いつ面接が入るのか分からず、長期のアルバイトもしにくい状態だった。口に出すといっそう惨めだ――が、なぜか彼女の顔には喜色が浮かんでいる。どうしたんだろう。俺の無職がそんなに嬉しいんだろうか。

「わたし……骨を折ってしまって、退院するまでしばらくかかるんです……もともと、人手が足りなかったところに、そうなってしまって」

「……はあ」

曖昧に相づちを打つ。話の流れが見えてこない。

「それでですね、もしよろしかったら、うちの店で働いていただけませんか？」

俺は目を剝いた。彼女は深々と頭を下げてくる。

「どうかお願いします。妹は手伝ってくれてますけど、あてにならなくて」

「ちょ、ちょっと待って下さい。俺、本のことなんて全然分からないですよ」

それに例の「体質」のことも話したはずだ。本を読むのが苦手な本屋なんて聞いたことがない。

「……車の免許は、持ってらっしゃいますか？」

「持ってますけど」

「よかった。それなら大丈夫です」

　彼女は力強く頷いた。

「……本を読んでることより、車の運転ができることの方が大事なんですか？」

「古書店の人間に必要なのは、本の内容よりも市場価値の知識なんです。本を多く読んでいるに越したことはありませんが、読んでいなくても学べます。実際、仕事を離れると、ほとんど本を手に取らない古書店員も珍しくありません。わたしみたいになんでも読む方が変わっているかもしれないです……」

　俺はぽかんと口を開けた。古本屋のイメージが一気に崩れてしまった。なんというか、聞いてはならないことを聞いてしまった気分だった。

「とにかく重い本を大量に運びますから、運転免許は絶対に必要なんです。当面の間、買い取りの査定や本の値付けはわたしがやりますから、五浦さんは指示に従っていただければ……」

　なんとなく押し切られそうな状況にはっと我に返った。

「で、でも……もっと向いてる人がいるんじゃないですか？」

「五浦さんは本の話を聞くのが苦ではないとおっしゃってましたよね？」

「え？　は、はい」

「わたし、本のことになるといちいち話が長すぎるみたいで……前にもアルバイトの子が耐えきれなくなって辞めてしまいました。ちゃんと付き合って下さる方、なかなかいらっしゃらないんです」

話の聞き役ついでに雇うつもりなのか。唖然とする俺の顔を、彼女はすがるような上目遣いで見つめた。潤んだ瞳に頭がくらくらする。その表情は反則だ。

「とにかく、古書店は力仕事が多くて、憶える（おぼ）ことが多いんです。うちみたいな小さな店では、お給料も多くは出せませんし……」

結構聞き捨てならない発言の気もしたが、なにも言い返せなかった。本の山に囲まれた彼女は、さらに身を乗り出してくる。今にもベッドから落ちそうだった。

「……こういう仕事は、気が進みませんか？」

ふと、この病院で祖母の口にした言葉を思い出した。

（今でも本を読んでいたら、お前の人生はだいぶ違ってたんじゃないかね）

ここにいるのはまさに本を読み続けてきた人だ。今のままの俺でも別に不満があるわけではない。でも、こんな風に本に囲まれて生きてみたいと、俺も心のどこかで思ってきたはずだ。

それにもう一つ——俺は田中嘉雄のことを考えていた。おそらく、祖母やこの篠川さんのような「本の虫」だ。この街のどこかに住んでいるとしたら、ビブリア古書堂に現われるかもしれない。

「分かりました」

俺は覚悟を決めて頷いた。

「でも、一つ条件があります」

彼女の表情が引き締まった。

「……なんでしょうか」

「夏目漱石の『それから』のことを話してくれませんか？　どういう話なのか、できるだけ詳しく知りたいんです」

人の手を渡った古い本には、中身だけではなく本そのものにも物語がある。

俺は祖母の持っていた『第八巻　それから』にまつわる物語を知った。本の中に書かれている物語にも興味がある――しかし、俺にはあの本を最後まで読むことができない。

「もちろん、いいですよ」

力強く頷いた彼女の笑顔から、俺は目が離せなくなった。記憶を探るように彼女は宙を見る。ややあって、柔らかな声が形のいい唇から流れ始めた。

「『それから』は明治四十二年に朝日新聞に連載された長編小説で、この作品と『三(さん)

四郎（しろう）』と『門（もん）』を合わせて三部作とされています……」

そんなところから始めるのか。長い話になりそうだ。俺は一言も聞き洩らすまいと、音を立てないように丸椅子をそっとベッドに寄せた。

第二話　小山清『落穂拾ひ・聖アンデルセン』（新潮文庫）

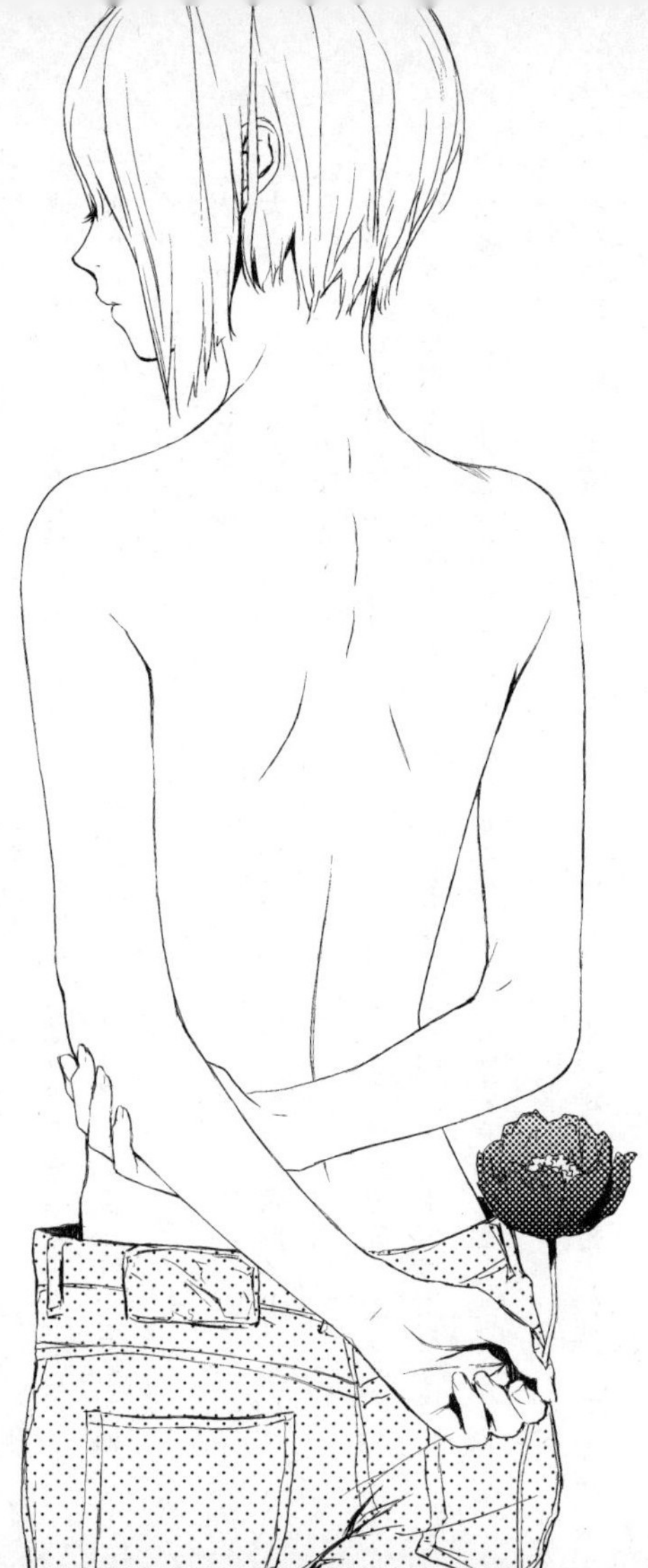

いつのまにか時計の針は午前十一時を指している。開店時間だった。

埃の積もった書架のてっぺんにのんびりはたきをかけていた俺は、慌てて百円均一の文庫本を載せたワゴンと、回転式の看板を軒先に出す。

もっとも、急いだところで開店を待っている客など一人もいない。駅のホーム沿いの狭い通りにはまったく人影はなかった。外を出歩くには暑すぎる日だ。ホームの屋根越しには大きな入道雲が浮かんでいる。きっと午後には夕立が来るだろう。

誰かの息づかいのような不快な熱風に吹かれて、「ビブリア」と書かれた看板がゆっくりと回り、「古書堂」の文字が現われた。

とにかく一日が始まる。

大きく伸びをしてから、本で作られた洞穴のような店内に戻る。薄暗くじめついているが、外よりは少なくとも涼しい。

俺、五浦大輔がビブリア古書堂で働き出してから三日経つ。今まで知らなかったのだが、貴重な本を扱うことでこのあたりでは有名な店らしい。ネットで検索をかけてみたら、どこかの展覧会で展示するための本を、ここの在庫から貸し出したこともあるということだった。

本を読めない「体質」の俺がここで働くようになったきっかけは、祖母の持っていた『漱石全集』を、店主の篠川栞子さんに見てもらったことだ。

古い本には中身だけではなく本そのものにも物語がある、というのが彼女の考えだ。俺の持ちこんだ『漱石全集』にこめられた祖母の「物語」も、見事に読み解いてみせた。それは俺の出生の秘密にまで関わるものだった。古い本については膨大な知識を持ち、並外れた洞察力を発揮する人だ。ただ、極端に内気な性格で、本以外の話になると人と目を合わせることもできない。

この三日はあっという間に過ぎていった。

今まで店番をやっていた篠川さんの妹——篠川文香という名前だ——は、レジの打ち方と掃除用具の置き場所以外、なにも説明しなかった。古本屋の仕事について彼女もほとんど知らない様子だった。ただ、俺の一挙一動をじろじろ監視している。客としてこの店に現われたはずなのに、一晩経ったら見習い店員になっていた俺を怪しんでいるらしい。

「うちのお姉ちゃん、本のこと以外は全っ然世間知らずだからなー」

と、しつこいぐらいに何度も繰り返していた。

「こないだも母屋の方に空き巣が入ったんですよ！　なにも盗まれなかったんだけど、このへんもなんか物騒になっちゃってー」

俺がその空き巣だと言い出しかねない勢いだった。そもそも、入院中の篠川さんのところに俺を行かせたのは自分じゃないか——と言いたくなるのをこらえて、黙々と仕事を続けていた。これでも一応は食堂で生まれ育った人間だ。気を付けていれば最低限の接客ぐらいはできる。

俺の働きぶりに少しは警戒を緩めたのか、単にそばに貼りついているのが面倒になったのか、今朝は店舗の奥にある母屋から出てこない。

しんと静まりかえった店内で、カウンターの隅に置かれたパソコンを起動させる。メールをチェックすると、篠川さんからの長文のメールが届いていた。「おはようございます。篠川です」から始まり、仕事の指示が延々と綴られた挙げ句、「よろしくお願いします。なにか変わったことがあれば、メールして下さい」で結ばれていた。

初日から仕事の指示はメールだけで行われていた。篠川さんの入院する大船総合病院では、病室で携帯電話を使って話すことが禁じられている。ロビーで話す分には問題がないのだが、彼女はベッドからほとんど離れられない状態だった。

もちろん、本の買い取り依頼があれば堂々と病院に行ける。問題はそういう客がなかなか現われないことだった。この三日間、彼女と話す機会はまったくなかった。

俺の午前中の「仕事」は、通販で注文された本の発送準備だった。ネット上にある古本の検索サイトにビブリア古書堂も参加しており、店内にあるかなりの本がネット経由で買えるようになっている。どうやら売り上げの多くは、ネット通販でまかなわれているらしい。どうりで客があまり来なくても、店が成り立っているわけだ。

通路にまで本の積み上がった店内を歩き回って、注文の入っている本を探す。

この店で扱われている本のジャンルが、俺にもようやく分かってきた。主に文学や歴史や哲学や美術についての専門書だ。マンガと文庫本の棚もあるが、並んでいるのは俺の知らない古い本ばかりだ。

注文の入っていた本を抜き取ってカウンターに戻り、篠川さんからのメールをいちいち確かめながら本を梱包する。

当たり前と言えば当たり前なのだが、彼女のメールには仕事のこと以外なにも書かれていない。なにか変わったことがあれば、という断り書きは、変わったことがなければ連絡をするな・病院を訪ねるなというメッセージにも思えた。

あの病室にどうでもいい世間話を持ちこんだところで、彼女が喜ぶとも思えない。ぼそっと「……そうですか」と返事があったきり後は沈黙が続く、そんな光景がありありと頭に浮かぶ。もちろん、本にまつわる用事があれば事情は違う。この前のように目を輝かせて話をしてくれるに違いない。それを俺も望んでいた。

がらがらと引き戸を開ける音が聞こえた。顔を上げると、白髪頭の年配の女性が店に入ってくるところだった。日傘を腕にかけて、すっきりした無地のワンピースを上品に着こなしている。

初めて見る顔だが、きっとこのあたりに住んでいるのだろう。買い物帰りらしく、高級スーパーのロゴが入った買い物袋を手に提げていた。笑顔で会釈をしてきたので、俺も会釈を返した。午前中にやって来るのはこういう年配の人たちばかりだ。

老婦人は店の中をぐるりと回っていった。ところどころで立ち止まっては、本を開いて熱心に中身を確かめている。結局、欲しい本はなかったらしく、俺にもう一度会釈をしてガラス戸を再び開けた。

ちょうど別の客が入ってくるところで、彼女は一歩脇によけて道を空けた。

俺は作業の手を止める。というのも、新しい客の風体が明らかに変わっていたからだ。剃りあがった坊主頭にぎょろりと大きな目の小男で、日焼けした顔の皺を見る限りでは五十代の後半というところだ。ユニオンジャックがプリントされた、サイズの大きすぎるTシャツに、裾がぼろぼろのジーンズを着て、首にピンク色のタオルを巻いている。

どういう職業の人間なのかよく分からないが、有休を取ったサラリーマンでないことだけは確かだ。レジャーシートの生地で作られた巨大なバッグを手に持っていた。

老婦人も俺と同じくぎょっとしたらしい。坊主頭の脇をすり抜けて、逃げるようにガラス戸から外へ出ようとする――ちょっと肩がぶつかったように見えた。するといきなり坊主頭が彼女の腕を摑み、

「……お前、ちょっと待て。コラ」

凄みのある低い声で言った。老婦人の顔が紙のように白くなる。俺は慌てて立ち上がった。夜の繁華街ならともかく、真っ昼間の古本屋でこんなトラブルが起こるとは想像もしていなかった。

「なにやってるんですか!」

俺は坊主頭を老婦人から引きはがそうとする。坊主頭がかっと歯をむき出した。

「このアホ、俺を捕まえてどうすんだ。見ろ!」

彼は彼女の持っていた買い物袋に手を突っこむと、一番上に入っていたものを引っ張り出す。俺はあっと声を上げそうになった。現われたのは筐に入った大判の本だった。今和次郎(こんわじろう)・吉田謙吉(よしだけんきち)『モデルノロヂオ』。さっきまでカウンターのそばの書架に入っていた本だ。変わった書名だったので印象に残っていた。振り返るとその本のあった棚には空白ができている――つまり、万引きだ。

「あ……」

彼女はうめき声を上げた。ふらりと立ち寄ったように見せかけて、盗むものを物色していたのだ。怒りよりも驚きの方が先に立った。万引きなんて中高生のやることだと思っていた。年を取った女性がこんな真似をするなんて。

「……このぐらい、大目に見て欲しいわねえ」

突然、彼女は媚(こ)びるような笑みを浮かべた。今までの貴婦人めいた物腰とはかけ離れている。こっちが本性なのかもしれない。

「好きでやってるわけじゃないんだから。わたしみたいな年寄りは、こういうことをしなきゃいけない時があるの。少しは同情してくれたっていいでしょう。ねえ？」

しなりと妙な流し目で俺の顔を見る。困ったな、と俺は思った。こういう場合、粛々(しゅくしゅく)と警察に引き渡すのが客商売の鉄則のはずだが、そうするのにどうも抵抗があった。祖母に躾(しつ)けられたせいか、俺は年取った女性に弱い。

「いい年してみっともねえ言い訳すんじゃねえ」

坊主頭の男が声を荒らげた。

「世間にはお前みたいな厚かましい年寄りばっかりじゃねえんだ。本を盗むんなら鶏(にわとり)の雛(ひな)でも売ってろ！」

店員の俺よりもずっと腹を立てている。老女に掴みかかろうとするのを止めなければならなかった。狭い通路で俺たち二人がごそごそやっているうちに、老女は軽く会釈をした。

「それじゃ、お邪魔さま」

くるりと背を向けて店から飛び出し、あっという間に俺の視界から消えてしまった。慌てて俺も店の外へ出たが、もう姿はどこにも見えない。年齢に似合わない逃げ足の速さだった。

「あいつ、多分常習犯だぞ」

店内に戻った俺に向かって、坊主頭が言った。

「お前も万引きぐらいしっかり見張れよ。店番の意味がねえじゃねえか」

「……すいません」

俺は頭を下げた。万引きを防いでくれたのはありがたかったが、なんでこの人が俺に説教しているのかよく分からない。一体、どこの誰なんだろう。物問いたげな俺の視線に気付いて、ぐっと自分の胸を指差した。

「俺は志田(しだ)ってもんだ。この店の常連だよ」

志田と名乗る男はカウンターに歩み寄り、次々と文庫本をカウンターに積んでいく。

全部で七、八冊。

「……なんですか、これ？」

「見りゃ分かるだろ、買い取りの本だ」

胸が躍った。これで大手を振って病院にいる篠川さんに会いに行ける。俺はうきうきとカウンターに戻った。

「担当者がいませんので、明日までお預かり……」

「んなことぐらい知ってるよ」

志田がうんざりしたように言った。

「怪我して入院中だろ。お前は最近入った店員か？　よくこの店で働く気になったな。あの姉ちゃん、だいぶ変わりもんじゃねえか？　あんなに内気な古本屋も珍しいぜ」

常連という言葉どおり、この店によく出入りしているらしい。勝手にカウンターの奥に手を伸ばして、書類ホルダーから一枚の紙を引き抜く。本を持ってきた客に記入してもらう買い取り票だった。物の置いてある場所を俺より知っている。

彼はさらさらとペンを走らせる。ふと、俺はその右手に目を留めた。どの指も硬くひび割れて、長く伸びた爪にまで黒い汚れが染みこんでいる。厳しい生活を送っている人間の手だった。

「よし、これでいいだろ」

そう言って買い取り票を差し出してくる。住所は「藤沢市鵠沼海岸橋ノ下」。俺は首をかしげる。鵠沼海岸のあたりの地理には詳しいつもりだが、「橋ノ下」なんて地名は聞いたことがない。

「どこらへんですか、ここ」

と、俺は尋ねた。電話番号の欄になにも書かれていないのも気になる。

「だからよ、引地川（ひきじ）がこう流れてるだろ。で、鵠沼海岸の手前に橋がかかってるのは知ってるか？　海沿いの国道より少し上流の方だ」

志田は人差し指で空中に地図を描（か）きながら言った。

「はあ」

「その橋の下だよ。ねぐらは」

俺は相手の顔を穴の開くほど見つめた――意味が分かるまでしばらく時間がかかった。つまりこの男はホームレスなのだ。

「この本はここらへんで抜いてきたもんだ。俺はせどり屋だからな」

「せどり？」

どういう意味だ？　しかし志田は俺の疑問には答えず、満面の笑顔でぽんぽんと自分の持ってきた本を叩いた。

「とにかく病院に持っていって、こいつを査定してもらってくれよ。こう見えてもかなりの出物だ。あの姉ちゃんなら喜ぶと思うぜ」

「いや、あの」

せどりってなんですか、と重ねて尋ねようとした時、志田は他人に聞かれるのをはばかるように、カウンターに身を乗り出してきた。店の中には俺たち以外に誰もいないのだが。いちいち動作がオーバーな人だ。

「……でな、買い取りついでにこの店にちょっとした頼みがあるんだよ。あの姉ちゃんにも伝えてもらえねえか？」

「は？」

話の成り行きがよく分からない。しかし、口を挟む余裕はなかった。

「常連のよしみだ。別にいいだろ？　……それがよ、一昨日(おととい)の話なんだが……」

啞然とする俺に向かって、志田は立て板に水で話し続けた。

俺が病院に行ったのはその日の夕方だった。午後になって店に現われた篠川さんの妹が、部活がないので店番を替わると言ってくれたのだ。病室のドアをノックすると、か細い声が中から返ってくる。はっきり聞き取れなかったが、とにかく中にいるらしい。

三日ぶりに会えるというのに、俺はさほど浮かれていなかった。昼間現われた志田という客のこと——彼の持ちこんだ「頼み」に気を取られていたからだ。

「五浦です。失礼します」

と、言ってドアを開ける。

「さっきメール送りましたけど、本の査定を……」

俺ははっと口をつぐんだ。篠川さんはベッドに体を起こして、バスタオルで髪を拭いていた。どう見ても風呂上がりで、上気した白い肌が桜色に染まっている。俺の存在に気付いた途端、凍りついたように動かなくなった。

「すいません、廊下で待ってます」

慌てて外に出ようとすると、

「い、いえ……どうぞ……」

蚊の鳴くような声に呼び止められる。彼女は顔を伏せたまま丸椅子を勧めてくる。つややかに濡れた黒髪が一筋目の上にかかっていた。俺の喉が独りでに動いた。

「い、今、お風呂に……もう少し、遅いかと思って……あの、すみません……」

たった今入浴を済ませたばかりだ、もう少し遅い時間に俺が来ると思っていた、身支度の途中ですみません、ということらしい。

「いえ、俺の方こそすいませんでした」

店番を代わってもらったせいで、早く来すぎてしまったのだ。俺は咳払いをした。黙っていると変に意識してしまう。

「病院の風呂、入れるんですか？」

彼女はこくりと頷く。ほのかに洗い髪の香りが漂ってくる。

「介助が……」

篠川さんはバスタオルを畳みながらつぶやいた。看護師の介助がついていた、と言いたいのだろう。なるほど。

緊張をほぐすつもりなのか、突然彼女は深呼吸を始める。パジャマの胸元が大きく上下し、俺の視線がそのあたりに集中する。小柄で痩せているとばかり思っていたが、勘違いしていたかもしれな——いや、アホか。気付かれたらどうするつもりだ。とっとと本題に入ろう。

「本、見てもらえますか」

俺は持ってきた紙袋を手渡した。正直、俺は半信半疑だった。志田が持ってきた文庫本は、本人が自慢するほどの「出物」には見えない。どれもさほど古いものではなかったからだ。

しかし、中身を取り出した途端、篠川さんの様子ががらりと変わった。

「わあ、凄いです!」

クリスマスのプレゼントを貰った子供のように歓声を上げて、文庫本を固く抱きしめる。背表紙がパジャマの胸元にめりこんで、俺はますます目のやり場に困った。

「ほら、見て下さい!」

彼女はきらきら目を輝かせて、俺の方に背表紙を向けた。ちくま文庫と講談社学術文庫。C・ディケンズ『我ら共通の友』の上中下巻、L・フェーヴル&H＝J・マルタン『書物の出現』上下巻、式場隆三郎『定本 二笑亭綺譚』、杉山茂丸『百魔』上下巻……どれも堅い内容らしいが、どう凄いのかよく分からない。

「……珍しい本なんですか?」

「ええ。一冊につき二、三千円で売れるはずです」

「えっ? ほんとですか?」

俺は驚いた。想像していたよりずっと高い。どれもさほど古い本には見えないのだが。

「どれも根強い人気があるわりに、復刊されていない作品ばかりです。ハードカバーでも読むことはできますが、二、三千円では手に入りません……こういう絶版文庫は、古書市場で需要があるんです」

得意げな志田の顔を思い出す。うさんくさそうに見えたが、本を見る目は本物だったらしい。ただ、それをどうやって手に入れたのかが気になった。「ここらへんで抜いてきた」とか言っていたが。

「志田ってお客さんが持ってきたんですけど」

「あ、やっぱり！　そうだと思いました！」

彼女は弾んだ声で言った。

「あの方の得意ジャンルですから」

「得意ジャンル？　どういう人なんですか、あの人」

「あの方はせどり屋さんです。ご自分でそうおっしゃってませんでしたか？」

「言ってましたけど……せどり屋ってなんです？」

本人には訊く機会がなかった。というか、最後まで俺に質問させる余地を与えてくれなかったからだ。

「古書店で安く売られている本を買って、高く転売する人たちのことです。志田さんはこの一帯の新古書店を毎日回られています」

　生まれて初めて聞く商売だった。そんなやり方で金を稼ぐ人がいるのか。

「なんで『せどり』っていうんですか？」

「いくつか説はありますけど、背表紙を見て棚から本を取るので、『背取り』と呼ばれているようです。志田さんは絶版文庫を中心に取り引きなさってて……多分、わたしより詳しいと思います」

「……」

　要するに志田はうちの店にとって、珍しい本を売ってくれるありがたい客ということだ。話をもっと真剣に聞けばよかったと後悔した。

「志田さん、なにか頼み事をなさったんじゃないですか？」

　彼女は眼鏡のフレーム越しに、上目で俺を見る。

「な、なんで分かったんですか？」

「いい本を売りに来られた時は、だいたいそうなんです。絶版文庫の在庫を少し分けて欲しいとか……違いますか？」

　彼女はそう言って微笑（ほほえ）んだ。きっと頼み事はよくあることなのだろう。手に入れた本を古書店に売っている以上、コネを持っていた方が有利に違いない。

「んー、なんて言ったらいいか……絶版文庫の話ではあるんですけど」

どこから話したものか迷う。少し——いや、かなり奇妙な頼み事だった。とにかく、ポケットからメモを出して読み上げる。忘れないように書いてきたのだ。

「小山清（こやまきよし）の『落穂拾（おちぼひろ）ひ・聖（せい）アンデルセン』っていう文庫本の初版を……」

「新潮（しんちょう）文庫の短編集ですね。初版は昭和三十年でしょうか」

打てば響くようにデータが返ってくる。

「それなら、うちの店の倉庫に在庫があるはずです。さほど珍しいものでは……」

「いや、在庫が欲しいわけじゃないみたいなんです」

俺は首を横に振った。

「『本を盗まれたんで、捜し出すのに協力してくれ』っていうのが、頼みの内容なんです」

「え？」

彼女は目を瞬（しばた）かせた。俺は志田の果てしなく長い話を頭の中で整理する。彼が店に来たところから、順序立てて正確に伝えた方がよさそうだ。

「……まあ、俺は金もねえし若くもねえけどよ、今みたいな生活はわりと気に入ってんだ。他人様の世話にならなくても、とりあえず生きていけるしな。年寄りってもんはさっきの万引き女みたいに、みんながみんな愚痴っぽい奴(やつ)ばっかりじゃねえ。

俺にはどうしても売らねえって決めてる文庫があるんだ。どんな奴にも大切な一冊ってもんがあるだろ？　俺にとっちゃそれが小山清の『落穂拾ひ・聖アンデルセン』って短編集なんだ。読んだことは……ねえのか。不勉強な奴だなお前は。

まあ、俺にとっちゃお守りみたいなもんで、荷物に入れて持ち歩いてたんだ。いつでも読めるようにな……それが盗まれちまった。一昨日のことだ。

あっちの方に（と、北西に指を向けた）小袋谷(こぶくろや)の踏切があるだろ？　国道にぶつかってるとこだ。国道をしばらく行って、最初の信号があるあたり知ってるか？　……そうだ。十字路があって、左に折れると大船駅行きのバス停があって、その先に寺があるとこだ。一昨日の午後、俺はあそこに行ってたんだ。自転車でな。

理由？　仕事だよ仕事。こないだ知り合った同業の奴と、在庫の交換でもしようって待ち合わせたんだ。今日持ってきた『書物の出現』の下巻は、そいつに分けてもらったもんだ。

……は？　下巻だけかってお前、本気で訊いてんのか？　絶版本ってのはな、後の巻になればなるほど手に入りにくいもんなんだ。上巻だけ買って下巻を買いそびれる奴はいても、その逆はいねえだろ？　下巻の方が出回る数が少ねえから、その分だけ価値が上がるんだ。

でよ、待ち合わせ場所は寺の前だった。俺は先に来て、山門のそばに生えてる松の木の下に自転車を停めた……人もいねえし静かだったぜ。俺は時計を持ってねえが、午後二時より少し前だったはずだ。

まあ、鎌倉じゃあそこはそんなにでかい寺じゃねえし、観光客もほとんど来ねえからな。特に一昨日はひでえカンカン照りだった。俺は木陰にいたからずいぶんマシだったが、バス停で待ってる奴なんか今にも死にそうな顔してたな。

暇だったんで松の木の下で本でも読もうかって思った。自転車のカゴに荷物を入れてたんだが、もちろん小山清の本も持ってきてた。

それを出そうとした時、俺は腹が痛くなってきた。品のねえ話だけどよ、その何日か前から俺はちょっと腹を下してたんだ。食いもんには十分気を遣ってたつもりだったんだが、なにしろこの暑さだろ。俺のねぐらには冷蔵庫なんてねえし。

でも、近くにはコンビニも公衆便所も見当たらねえ。で、寺の中に入っていったんだ。参拝客向けに便所ぐらいあるだろうと思ってよ。

荷物は自転車ごと置きっぱなしだった。盗む奴なんかいやしねえと高をくってたんだが、今思うとそれが間違いのもとだったな。

　山門をくぐって参道を歩いてると、急に背中でがちゃがちゃ音がして、振り返ったら俺の自転車と若い女の子が倒れてたんだ。ぶつかったんだってすぐに察しがついた。ちょっと歩道にはみ出して自転車を停めちまってたしよ。

　大丈夫か、ってそいつに声をかけたんだ……そうだな、年は十六、七で、髪が短くて背が高かったよ。スカート穿(は)いてなかったら男だと思ったろうな。

　門の前には俺とそいつの荷物が散らばってた。俺の荷物の中にはもちろん例の本も混じってた。

『すまんが、自転車を起こしといてくれ』

　って俺は大声で言った。なんていうか……その、限界に近かったんでな。いちいち自転車まで戻る余裕がなかったんだ。

　女の子は俺の方を振り返りもしなかった。俺の荷物は無視して、自分の落とした紙袋を拾って、中身をごそごそ確かめてた……いや、中身までは分からねえよ。えんじ色の無地の袋で、なんだか高級そうだったな。

　で、その子はあたりをきょろきょろ見回し始めた。大事なもんを袋から落としたみたいに見えた。それから、急になんかを拾い上げて走っていっちまった。

正直、ちょっと妙な気はしたんだ。その子の拾ったのが文庫本みたいだったからよ……とにかく、便所に行って戻ってくると、知り合いが着いてて俺の荷物を拾ってくれてた。礼を言って荷物を確かめたら、例の小山清だけがどこにもねえ……ようやく盗まれたってことに気付いたわけだ。

その知り合いに訊いたら、さっき背の高い女の子とすれ違ったって話だった。道路渡ってバス停に行ったらしい。もちろん、バス停にはもう人っ子一人いなかった。バスはとっくに来ちまってた。

知り合いと別れた後、念のためバス停まで歩いてよく捜してみたんだが、やっぱり本は落ちてなかった。持ったまんまバスに乗ったんだろうぜ。

とにかく、俺は大事な本を取り返してえんだ。それでこの店に頼みが……は？　その女の子が本を盗んだ理由？　そんなの決まってんじゃねえか。古い本だから値打ちがあると勘違いしたんだろう。きっと本を売って金に換えるつもりなんだ。それで考えたんだが、あの寺から一番近い古本屋はここだ。もしその子が小山清を売りに来たら、黙ってそいつから買ってもらえねえか。それを俺が買い取るからよ。

……警察？　いや、警察に言う気はねえよ。俺は犯人を捕まえたいわけじゃねえ。本が戻ってくればそれでいいんだ。出来心は誰にでもあるしよ……まあ、文句の一つぐらいは言ってやりてえけどな。

とにかく、あの姉ちゃんにちょっと話してみてくれ……今晩、この店にもう一度来るからよ。それじゃな！」


「……というような話だったんですけど、どうします？」

ひととおり説明をした後で、俺は篠川さんの様子を窺う。膝の上で両手を組んで、物思いに耽っている様子だった。

「志田さんは本当に小山清がお好きなんですね。万引きを止めて下さった話で、初めて気が付きました」

彼女はしみじみと言う。もう少しで頷いてしまうところだった。

「え？　そこは志田さんの頼みと関係ないんじゃないですか」

志田の「頼み」を伝えるついでに説明しただけだった。しかし、彼女は微笑みながら首を横に振る。

「志田さんがお持ちだった短編集には、もちろん表題作の『落穂拾ひ』も収録されています。どういう話かご存じですか？」

「いえ……」

「貧しい小説家の日常を淡々と描いた短編です。もちろん、モデルは作者本人でしょう。彼は古本屋を経営する若い娘と知り合って、彼女から誕生日のプレゼントを貰うんです。包みを開けると……あ、すみません。脱線しました」

いつのまにか俺は身を乗り出していた。古本屋を経営する娘と交流する、というところが気になる。包みを開けると、どうだったんだろう。しかし、彼女は咳払いをして話題を変えてしまった。

「それで、話は戻りますけど、『落穂拾ひ』の冒頭にこういう一節があるんです」

空中を眺めたまま、彼女は淀みなく暗唱を始めた。

「『僕は出来れば早く年を取つてしまひたい。すこし位腰が曲がつたつて仕方がない。僕はその時あるひは鶏の雛を飼つて生計を立ててゐるかもしれない。けれども年寄といふものは必ずしも世の中の不如意を託つてゐるとは限らない』」

俺はぽかんと口を開けた。確かに志田があの老女に言ったこととかぶっている。いきなり鶏の雛が話に出てきて、俺も妙だと思っていた。

しかし、今驚いているのは別のことだった。

「……今まで読んだ小説を全部暗記してるんですか？」

そう言うと、彼女は両手を大きく振った。

「ま、まさか。違います。全部なんてとても……その本のよかったところが、何ページか頭に入るぐらい……」

「え、めちゃくちゃ凄くないですか。そんな人、見たことないですよ」

正直な感想を口にしたつもりだが、彼女の反応は想像以上だった。呆然と口を開けていたかと思うと、みるみる顔を真っ赤にしてはにかんだ。

「……へ、変なこと、誉めますね」

「え？　そうですか？」

「凄いなんて言われたの、初めてです……」

そう言って眼鏡越しにちらりと俺を見る。俺と目が合いそうになると、途端にうつむいてしまった。ここまで照れられるとこっちも調子が狂う。

「……と、とにかく、志田さんのお手伝いをしましょう」

妙な雰囲気がしばらく続いてから、篠川さんは再び大きく咳払いして話題を変えた。

「五浦さんは『落穂拾ひ・聖アンデルセン』を売りに来る人がいないか、注意していて下さい。ただ……」

眼鏡の奥で彼女は眉を寄せる。

「……ちょっと、疑問があります」

「疑問？」

「本当にその女の子が、売るために盗んでいったのか、です」

俺もそれが引っかかっていた。志田のようなせどり屋ならともかく、普通の人間がたまたま目に入った古い本を金に換えようなどと考えるだろうか。

「わたし、一冊だけ盗んでいったのは、おかしいと思うんです」

と、彼女は言った。

「志田さんは他のせどり屋さんと在庫の交換をされる予定でした。つまり、他にも換金できそうなものをお持ちだったということです。もしお金が欲しいのなら、他のものを放っておいたのは不自然です……そう思いませんか？」

俺は頷いた。確かにそれはおかしい——腕組みをしていると、不意に彼女はシーツに両手をついて身を乗り出してきた。なんとなくグラビアアイドルみたいなポーズだ。

慌てて想像を振り払った。

「な、なんですか？」

「このままだと、志田さんの本は戻ってこない気がします……いっそのこと、わたしたちがその女の子を捜すのはどうでしょう」

「え……」

その発想まではなかった。あのせどり屋のためにそこまでする義理はないんじゃないか。しかし、やめましょう、という言葉を俺はぐっと呑みこんだ。彼女は眼鏡の奥で大きな目をさらに瞠(みは)っている。本の仕入れがなくてもここへ来る絶好の口実になる。それに、犯人捜しにちょっと興味をそそられてもいた。

「やりましょう。実は俺もそう言おうと思ってたんです」

と、俺は力強く言った。これぐらいの誇張は許されるだろう。嬉しそうに彼女は胸の前で両手を合わせる。

「ありがとうございます。五浦さんならそう言ってくれると思ってました!」

五浦さんなら、という言葉に耳が反応した。そうか、俺はこの人に信用されていたのか。ちょっといい気分になっていると、彼女が言葉を続けた。

「でも、売るためでないとすると、どうしてその女の子は本を盗んでいったんでしょう? 五浦さんはどう思いましたか?」

いきなり質問されて面食らう。この前の『漱石全集』の謎を解いた時と同じく、ただ彼女の話を聞くだけのつもりだった。

「あー、そうですね……読むために盗んだんじゃないですか。たまたま、読みたくて探してた本だったとか」

「その可能性は低いと思います」

目を輝かせたまま、篠川さんはあっさり否定した。この表情で言われると、なぜかよりこたえる。

「これは決して珍しい本ではないんです。古書店を探せば、手に入れるのはそう難しくありません。十五年ほど前に一度復刊されていますし」

「それじゃ……あ、そうだ。自分の本と間違えて持っていったっていうのは……」

その女の子も荷物を落としたと聞いている。似たような本を持っていて、混ざってしまった可能性がないとは言いきれない。

「わたしもその可能性を考えました。でも、その場合、代わりに女の子の本がその場に残っていたはずです……なにかの理由があって、本を盗んだのは間違いないと思います」

「うーん……」

それ以上はなにも思い浮かばなかった。俺の頭ではこのあたりが限界——いや、でも待てよ。そうすると話がおかしくないか。

「売るためでも読むためでもなくて、どういう理由で本を盗むんですか?」

「そこです。それがこの事件のポイントだと思うんです」

篠川さんは意気ごんで言った。

「本を盗んだ本当の理由が、彼女を捜す手がかりになるはずです。まずはそれを突き止めましょう」

「え……どうやって突き止めるんですか」

「志田さんのお話からでも、いくつか分かることがあります」

そう言って彼女は人差し指を立てる。小さな爪の先をつい目で追ってしまう。

「まず、彼女がとても急いでいたことです。歩道に置いてある自転車にぶつかって転んでしまったのは、かなりの速さで走っていたからだと思います」

「……そうですね」

頷いて先を促すと、続いて彼女の中指が立った。

「もう一つはバスがいつ来てもおかしくない状態だったことです。志田さんのお話では、バス停には客が待っていたということでしたから……彼女はバス停に行くために急いでいた、と考えていいと思います」

気持ちは分かる気がする。バス停に他の客がいると急ぎたくなるものだ。

「ただ、そうすると妙なことがあります。そんなに慌てていたのに、彼女は立ち上がってもすぐ走り出さなかったことです……拾った紙袋の中身を確かめてから、あたりを見回していたということでしたよね」

「あ、はい。落とし物でも探してたみたいだったって……」

「でも、彼女は落とし物を拾ったわけではありません……志田さんの本を持っていったんです。わたしは、別の可能性があると、思いました」

一言ずつ区切るように、彼女はゆっくり言った。

「袋の中に入っていたものが落ちたのではなく、壊れてしまったとしたらどうでしょうか？」

「壊れた？　なにがですか？」

「そこまでは分かりませんが……そうなった場合、壊れたものの代用になるものや、修理できる道具を手に入れようとしても不思議はないでしょう。慌てて周囲を見て、拾い上げたものが文庫本だった……」

俺はまじまじと彼女を見つめた。この前の『漱石全集』の時にも思ったが、わずかな手がかりからよくここまで考えつくものだ。それも、この病室から一歩も出ずに。

ただ、俺には理解できないところもあるが。

「……あの、文庫本がなんの役に立ったんですか？」

篠川さんはため息をついて、立てていた指を手首ごところんと丸めた。本人にそのつもりはなさそうだが、招き猫みたいに見える。こっちが気恥ずかしくなるほど可愛い。

「そこがどうしても分からないんです。情報が少なすぎて……」

招き猫のポーズのまま、彼女は真顔で言った。

「……志田さんと待ち合わせをしたせどり屋さんに、お話を伺った方がよさそうですね。なにかご存じかもしれません」

「え？　どうしてですか？」

「志田さんの同業の方は、その女の子とすれ違ったというお話でした。でも、すれ違っただけなら、どこへ行ったか分からないはずです。バス停の方へ行ったことを知っているのは、振り返って見送ったからじゃないですか？」

「……そうか」

興味を惹かれるようななにかがあったということになる。

後で志田が店に来ることになっている。そのせどり屋に連絡を取ってもらうように頼んでみるか。

「でも、そのせどり屋の人がここへ来てくれるとは限らないですよね」

「ええ。そうでしょうね。こちらから伺うべきだと思います」

「なるほど……あれ、誰が聞きに行くんですか」

彼女は首をかしげて俺を見つめる。我ながらバカバカしい質問だった。篠川さんはこの病院から動けない。俺が聞きに行くに決まっているじゃないか。


次の日、ビブリア古書堂は定休日だった。

働き始めてから初めての休日だったが、俺は太陽の照りつける屋外にいる。鎌倉の外れにある寺の前でスクーターを停めたところだ。志田が本を盗まれた「現場」だった。

俺は松の木陰に立ち、汗を拭きながらあたりをじっくり見回す。この場所は俺の通っていた高校にも近い。学校行事の寺社巡り――鎌倉の学校では定番の行事だ――で、ここへも来たことがある。その頃と町並みはほとんど変わっていなかった。一応は国道沿いなのだが、コンビニもファミレスも見当たらない。昼寝しているように静かな住宅地だった。左右どちらを見ても、人通りは完全に絶えている。

俺はここで志田の同業者と待ち合わせをしている。

昨日の夕方、ビブリア古書堂に再び現われた志田は、本を盗んだ少女を捜すという俺たちの申し出（それと、文庫本の買い取り価格）に大いに喜んでいた。同業者からも話を聞きたいと告げると、すぐに店の電話で連絡を取ってくれた。俺は直接会話はしなかったが、先方は会うことを快諾し、待ち合わせ場所と時間を伝えてきたというわけだ。

「お前も一回読んでみろよ、『落穂拾ひ』」

志田がそう言ったのは、同業者のせどり屋と連絡を取った後だった。

「俺が読んだのは今の仕事を始めてすぐだった。俺だってずっと今みたいな仕事をやってたわけじゃねえ。会社でも家庭でも失敗やらかして……ま、それはどうでもいいけどよ、橋の下で読むには、ずいぶん甘ったるい話だとは思ったぜ」

志田がビブリア古書堂に現われるようになったのはここ数年だそうだが、それ以前にどこでなにをしていたのか、篠川さんもよく知らないという。

「人付き合いが苦手で世渡り下手な貧乏人が、不満も持たねえで生きていく、なんてただの願望だわな。まして、そいつの前に純真無垢(むく)な若い娘が現われて優しくしてくれる、なんてあるわけねえじゃねえか」

文句を言っているわりに、志田の口調は優しかった。まるで世話の焼ける兄弟の話をしているようだった。

「まあでも、そういうことが分かってて作者もあの話を書いたんだろうぜ。それは読めば分かる……あれは甘ったるい話を書く奴に感情移入する話なんだ」

俺は頷いた——読んでみたいと思わせる感想だった。

「……正直、あの本を取り戻すのが難しいことは分かってんだ。ただ、諦めがつかなくてよ……本が見つからなくたってお前らを責めるような真似はしねえ。そのへんは安心してくれていいぜ……『男爵（だんしゃく）』の奴にもよろしく言っといてくれ」

「……なんだよ、男爵って」

と、俺は松の木の下でつぶやいた。そのせどり屋の通り名だろうが、どういう人物なのか志田からの説明はまったくなかった。とにかく会えば分かるということだった。

俺は携帯の時計を見る。待ち合わせの時刻を少し過ぎている。連絡先ぐらい聞いておけばよかったと思い始めた時、

「ここでなにをしてるんだ？」

背後から声をかけられた。振り向くと白いシャツを着た長身の男が、寺の山門から現われたところだった。年は多分二十代後半。無造作な巻き毛の髪に切れ長の目。日焼けしていない肌から、ほのかに香水の香りがする。革のビジネスバッグを提げてい

なければ、撮影の合間のモデルと言われても信じただろう。墓参りの帰りかなにかだろうか。

「待ち合わせをしてるんです」

俺がそう答えると、男はぱちりと瞬きをした。それから、真っ白な歯を見せて人懐っこく笑う。

「だったらぼくと同じだ。少し早く着いたものだから、寺の中を一回りしていたんだ……ひょっとして、君は志田さんの本を捜している人？」

「そうです」

男はぎゅっと俺の手を握り、軽く上下に振った。状況が呑みこめずに、俺は男の手と顔を見比べた。

「ぼくは志田さんの友達で笠井と言います。どういうわけか、彼からは『男爵』なんて変なあだ名で呼ばれてるけれど」

笠井は肩をすくめる。とにかく、絵に描いたような美青年だ。貴族の称号で呼びたくなる気持ちも分かる。

笠井は名刺を渡してくれたが、当然ながら俺は持っていない。仕方なくビブリア古書堂で働いている五浦です、と口で名乗った。

「ああ、あそこの古書店の人か。店の前を通りすぎたことはあるけど、中に入ったことはないな。君は店のオーナー？」

「いえ、ただの店員です。まだ働き始めたばっかりで」

「そうか、今度お邪魔させてもらうよ」

彼は歯切れよく言った。

「志田さんの知り合いとしか聞いていなかったから、てっきりぼくらと同業の人だと思いこんでいたんだ。平日の昼間に待ち合わせして悪かったね」

笠井は軽く頭をかく。まあ、かなり気障ではあるが、悪い人間ではなさそうだ。

手元の名刺を見下ろすと、笠井菊哉という名前の上に「笠井堂店主」と印刷されている。せどり屋だと聞いているが、店も持っているんだろうか。

「『笠井堂』というのはネットで使っている屋号だ。ぼくは仕入れを主にせどりでやって、ネットのオークションなんかでそれを売りさばいてる。志田さんとは少しやり方が違うんだ」

そういうせどり屋もいるのか、と俺は感心した。確かに他の店ではなく、直接客に売った方が話は早い。やっていることは普通の古書店とあまり変わらないんじゃないだろうか。

「まあ、ぼくは本のことはよく分からないから、廃盤ＣＤやゲームを主に扱ってるんだけどね。志田さんとは互いに商品を融通し合ってるんだよ。扱ってるジャンルがバッティングしないし」

　身なりを見る限りでは金に困っている様子はない。せどり屋としてはかなりのやり手なのかもしれない。

「で、志田さんの本を持っていった子の話だっけ？」

　笠井に促されて我に返った。俺は篠川さんの気付いたことを説明していった。小山清の本を盗んでいった少女を捜すには、とにかく情報が足りない。あの日見たことを詳しく教えて欲しい――話を聞き終えた笠井は、顔をしかめた。

「なんだ、あの時きちんと志田さんに話せばよかったな。あの人、盗まれたのが大事な本だなんて一言も説明しなかったから」

「なにかご存じなんですか」

「ご存じってほどではないけど、実はただその子とすれ違っただけじゃないんだ。ちょっとこっちへ」

　そう言って笠井は国道を歩き出した。進行方向にはバス停があり、さらにずっと向こうに信号と十字路が見える。彼は寺の二軒隣にある、古い家の門構えの前で立ち止まった。

「すれ違ったというよりは通りかかったという方が正確かな。ちょうど午後二時になった頃、ぼくが交差点の方から歩いてくると、彼女はこの門の前にうずくまってごそごそやっていた」

門は少し敷地の中へ引っこんでいて、周囲から見えないところにある。俺は松の木を振り返った。位置関係から考えて、少女は本を盗んだ直後に再び足を止めたのだ。

「なにをやってたんですか？」

「ぼくには背を向けていたから、よく分からなかったな。地面にえんじ色の紙袋を置いて、その中に手を突っこんでいた。時々バス停の方を見て、ひどく慌てている様子だった。ちょっとおかしいなと思ったけど、ぼくも待ち合わせをしていたからね。そのまま通りすぎようとしたら、声をかけられたんだよ」

俺は目を丸くした。

「え？　その子と話したんですか？」

「ああ。『鋏（はさみ）を持ってないですか？』って訊かれた」

「鋏？」

「うん。紙を切る鋏だ。なにを言い出すのかと思ったよ。道端（みちばた）で鋏を貸してくれなんて聞いたことがないだろう？　……まあ、幸いにしてぼくは鋏を持ち歩いている。しょっちゅう荷物の発送をやっているからさ。梱包する道具があると便利なんだ」

笠井はどこか自慢げに大きなステンレスの鋏を取り出すと、かしゃかしゃ動かしてみせた。

俺は鈍く光る刃先を凝視する。もし篠川さんの言ったように、壊れてしまったものをその本で直したとしたら、志田の本は切り裂かれてしまったことになるんじゃないか？

「ぼくは鋏を貸した。その時は志田さんの本を盗んだなんて知らなかったし、本当に困っているみたいだったからね。一分ぐらい作業して、彼女は鋏を返してきたよ」

「なにをやってたのか見ましたか？」

「さあ。ぼくには背を向けていたからね。袋の中身も見えなかったし……いや、待てよ。鋏を借りる時、もう一方の手になにか握ってたな。あれは多分……」

笠井はしばらく宙を眺めていたが、やがておもむろに口を開いた。

「……保冷剤だと思う」

「保冷剤？」

「ほら、食べ物を冷やしたりするあれだよ。知ってるだろう」

それは知っている。知りたいのはどうしてその少女が保冷剤を持っていたかだ。

「紙袋の中に、食べ物が入ってたってことですか」

「多分ね。だからなんだってわけじゃないんだけど」

文庫本、鋏、保冷剤。どう繋がるのかさっぱり分からない。

「鋏を返してすぐ、彼女は道路を渡ってあそこのバス停へ走っていった」

笠井は道路の反対側にあるバス停を指差した。制服を着た女子高生が一人バスを待っている。俺の母校の制服だった。きっと部活帰りなのだろう。身長よりも長い弓袋を地面に立てていた。

「あの日もあんな感じで高校生が一人待ってたよ。ギターを持った金髪の男の子だったけどね……とにかく、バスはまだ来てなかった。それ以上見ていても仕方ないから、ぼくは寺の方へ向かった」

「じゃ、その女の子はバスに乗れたんですね」

「乗れたとは思うよ。ただ、彼女はバスに乗らなかったけど」

「えっ？　どういうことですか？」

ここからバスに乗ると大船駅に着く。その女の子は駅前に行こうとしていたのだろうと思いこんでいた。

「山門の前に着いたぼくは、志田さんの荷物を拾い始めた。しばらくするうちに、さっきの子のことが気になって、バス停の方を振り返った。ちょうどバスが走り出すところだったよ。他の客は乗ったみたいだったけど、彼女はバス停に一人だけ残っていた」

「バス停まで走っていったのに、バスに乗らなかったんですか？」

「そういうことになるね。理由は分からないけど。その後、彼女は紙袋を抱えて交差点の方へ歩いていったよ。ぼくが知っているのはこんなところかな」

俺は首を捻（ひね）った。笠井の話でかえって謎が深まった気がする。保冷剤の入った袋を持って文庫本を盗み、鋏を借りてなにかを切り、バス停に走っていってバスに乗らずに見送る――俺にはさっぱり意味が分からなかった。

笠井と別れてすぐ後に携帯が鳴った。知らない番号に少し迷ってから通話ボタンを押す。はい、とだけ言って相手の言葉を待ったが、沈黙が続くだけだった。

「もしもし、どちら様ですか」

それでも返事がない。いたずら電話か？

「なんなんだ、まったく」

舌打ちして電話を切ろうとした時、

『……篠川です』

聞こえてきた弱々しい声に飛び上がりそうになった。

「し、篠川さん？　あれ、なんで電話……」

頭が混乱する。もちろん携帯の番号は伝えてあったが、かけてくるとは思っていなかった。彼女のいる病室では携帯電話で通話してはいけない規則になっているからだ。データ通信端末を介してメールのやりとりをすることは許されているが。

『い、今、廊下で……リハビリ室に行った帰りで……』

そういえば廊下に入院患者用の通話スペースがあった。きっとそこにいるのだろう。最初からそう言ってくれればいいのに。

『せどり屋さんとのお話、どうなったかと思って……でっ、電話なんかしてしまって申し訳ありませんでした……それでは……』

と、通話を切ろうとする。俺はぎょっとして携帯電話に向かって声を上げた。

「いやいやいやいや、ちょっと待って下さい！」

ここで切られると永遠に誤解が続きそうだ。

「聞いて欲しいことがあるんです。今、せどり屋の人との話が終わったところなんですけど！」

間髪入れずに、俺は笠井から聞いたことを話し始めた。幸いにして彼女は通話を切らなかった——が、話を聞かせるうちに、ただ混乱させているだけのような気がしてきた。こんな断片的な情報で、なにが起こったか分かる人間などいるはずがない。

その少女が交差点の方へ去っていったところまで一気に話し終えると、篠川さんはきびきびと質問を発した。不思議と戸惑っている様子はなかった。

『……その子は紙袋を持ったまま、バス停から立ち去ったんですね？』

ほっと胸を撫で下ろした。本についての話を聞くうちに、スイッチが入ったらしい。謎を解く時の彼女だった。

「え？　はい、そうみたいです」

俺は答える。あまり重要なことには思えなかったが、ふう、と彼女はため息をついた。

『……そうですか。それで分かりました』

「なにがですか？」

『彼女がなにをしようとしていて、どうして本を盗んだか、です……』

俺は唖然とした。口も開いていたと思う。

「えっ、本当ですか？」

『少しはっきりしないこともありますけど、おおまかなところは』

「凄いですね！　俺、いくら考えてもさっぱり分かんなくて……」

こんな情報で真相を見抜くなんて驚きだ。百人中百人ができないいんじゃないだろうか。やっぱり本のことになると、この人はとんでもない洞察力を発揮する。

『……いいえ、別に……』

沈黙。興奮していた俺は、やっと様子がおかしいことに気付いた。謎を解いたと言うわりに、彼女の声は沈んでいる。まったく喜んでいないようだ。

「それで、どういうことだったんですか？」

釣られて俺の声まで低くなる。ややあってから、彼女は言った。

『……プレゼントです』

「は？」

『その女の子が持っていた紙袋の中身です。保冷剤の必要な食べ物だったのでしょう。袋にお店のロゴが入っていなかったことを考えると、どこかで買ったものではなく、手作りのお菓子かなにかだと思います。それを渡すつもりで、彼女は急いでいたんです』

「渡すって誰……」

と言いかけて、笠井の言葉を思い出した。バス停には他の客が待っていたという。ギターを持った金髪の少年。

「じゃあ、バスに乗らなかったのは……」

『バスに乗るのではなく、バス停にいる少年にプレゼントを渡すのが目的だったからでしょう……でも、その途中でトラブルが起こりました。志田さんの自転車とぶつかって、プレゼントの入った紙袋を落としてしまったんです』

「……中身が割れたってことですか」

俺が思い浮かべたのは、篠川さんと一緒に食べたレーズンサンドだった。一番最近に食べた菓子がそれだったからだ。ああいうものだったということか。

『いいえ、それなら渡すこと自体を諦めたでしょう。お菓子そのものではなくて……お菓子の外側になにかあったのだと思います』

「外側？」

『異性に渡すものですから、ちゃんとラッピングしてあったはずです。その飾りかなにかが取れてしまったんじゃないでしょうか。すぐに直さなければならないけれど、材料も道具も持っていません。近くにコンビニも見当たらない……その時、目についたのが志田さんの文庫本だったと……』

「いや、ちょっとそれはないんじゃないですか？」

神妙に聞いていた俺は、さすがについていけなくなって口を挟んだ。

「本の紙で直るラッピングなんて聞いたことないですよ」

『……そんなものを使ったとは、わたしも思っていません。わたしが言いたかったのは……』

遠くでバスの扉が開く音が聞こえた。いつのまにかバス停の前に大きな車体が停まっている。俺はあっと声を上げた。

一人の少年が乗降口から降りてくる。制服のズボンに白いシャツを羽織り、ギターのケースを背負っていた。きっと学校で練習をするつもりなのだろう。俺の母校では毎年夏休み明けに文化祭がある。友達とバンドでも組んだのか、軽音楽部に所属しているのか。

短い髪は鮮やかな金色だった。ブリーチしたらしい。

『……どうかしましたか？』

「今、バスから高校生が降りてきたんですけど、本が盗まれた時にバス停にいた客かも……」

『急いで追いかけて！』

篠川さんが携帯の向こうで叫んだ。

『その人に彼女のことを訊いてみて下さい』

「分かりました。後でかけ直します」

俺は通話を一度切って、小走りに駆け出した。扉を閉めたバスが遠ざかっていくのが見える。少年は俺に背を向けて歩いていた。校則が変わっていなければ、生徒が露骨に髪の色を変えることは禁止されているはずだ。夏休みの間だけ派手な色にしているのだろう。

「悪いけど、ちょっといいか？」

少年は立ち止まって振り返る。幼さの残る顔立ちだが、目だけがやけに細かった。ほんの一瞬、俺の体の大きさにくりっと目を瞠った。わざと目つきを悪くしているのかもしれない。

「……なんだよ」

不機嫌そのものの声で言う。「なんだよ」の「な」が「あ」に聞こえる。このあたりではよく使われる言い回しだ。俺も中高生の頃は使っていた。

「何日か前、そこのバス停で女の子からプレゼントを……」

そう言いかけて、俺ははっとした。その女の子は紙袋を持って去っていったという。

つまり、この少年はプレゼントを受け取らなかったということだ。

「……プレゼントを渡そうとした女の子がいただろ？　そのことでちょっと訊きたいことがある」

少年は苦いものでも舐めたように顔をしかめた。

「あー、小菅のことか。なに、あいつの知り合い？」

小菅、という名前を俺は刻みこんだ。この少年とは面識があるらしい。

「事情があって捜してるんだ。住んでいる場所とか連絡先を知らないか？」

「……あんた、警察の人かなんか？」

「いや、別に……」

俺は言葉に詰まる。失敗した。呼び止めようと急ぐあまり、どうやって訊き出すかを考えていなかった。こんな質問で知り合いの個人情報を教える人間などいるはずがない――と思ったが、彼はあっさり携帯電話を出し、アドレス帳の画面を俺に見せる。

「小菅奈緒」という名前の下に携帯の番号とメールアドレスが表示されていた。

「この近くに住んでるはずだけど、住所は知らね。携番とメルアドだけでいい？」

「……ありがとう」

戸惑いながら礼を言うと、少年は唇の端をにやっと歪めた。絵に描いたような薄笑いだ。鏡の前で練習していそうだった。

「あいつ、なんかヤバいことやってんの？　ま、変な奴だとは思ってたけど」

興味津々で訊いてくる。小菅奈緒という少女を心配している様子はまったくない。心底楽しんでいるのが丸分かりだった。

「……なんの話だ？」

「なんか理由があって捜してんだろ。どうなんのあいつ。どっかの海に沈められたりすんの？」

俺は顔をしかめた。ヤクザかなにかと勘違いされているらしい。俺がそういう外見の人間ということだ。

「その子とは、知り合いじゃないのか」

「別に。同じクラスなだけだって。教室で話ぐらいするけど、俺、態度でかい女って嫌いだから」

「それで、プレゼントを断ったのか？」

「誕生日だからとか言われたけど、俺にだって断る権利あんだろ。お前に祝われたたくねえって言ったら、あいつすっげー驚いてたわ」

学校ではうわべだけ愛想(あいそ)よく接して、人目のない場所で手のひらを返す。それを陰で自慢げに言いふらす。個人情報を知らない人間に平気で教える。

俺が注意する筋合いではないが、聞いているうちに胸くそが悪くなってきた。しかし、小菅奈緒に連絡を取らなければならない。俺は自分の携帯に赤外線通信でデータを転送してもらった。

「じゃ、俺行くわ。部活の練習あるんで」

少年が立ち去ってからも、俺はしばらくその場に突っ立っていた。重要な情報を手に入れたのにまったく嬉しくない。

古い本の行方を追っていたら、女の子が誕生日のプレゼントを贈ろうとしたことが分かった。結局、受け取ってはもらえなかったが。小菅奈緒が紙袋を持ち去ったかどうかを、篠川さんが尋ねたのは、それを確かめるためだろう。

ふと、俺は小山清の『落穂拾ひ』のことを思い出す。志田に勧められた後、本屋で小山清の短編集を買って帰ったのだ。自分の金で活字の本を買うなんて久しぶりだった。『落穂拾ひ』はごく短い小説だったので、気分が悪くなる前にどうにか読み切ることができた。

小説家の主人公は貧しいながらも静かに日々を送っている。これといってなにをするでもなく、買い物をして炊事をして本を読んだりしている。

ある日、「本の番人」を自称する古本屋の少女と仲良くなる。働き者で素直な彼女は、主人公の誕生日に爪切りと耳かきを贈ってくれる。それを受け取った主人公が喜ぶという結末だった。

志田の言うとおり甘ったるかったが、物寂しさにほっとするような話でもあった。確かに本当に主人公がそんな体験をしたのかどうか、はっきり書かれていなかった。小説家の主人公が書いている、嘘の日記のようにも取れるのだ。

物語に出てくるような心温まるプレゼントのやりとりなんて、現実にはなかなか起こらない。贈ろうとしても拒まれることだってある。ちょうどこんな風に。

思いに沈んでいた俺は我に返った。とにかく、少年から聞いた情報を篠川さんに伝えて、これからどうするか話し合わなければならない。

俺は携帯を出して彼女の番号にかけた。

病室の窓の外では日が暮れようとしている。今にも消えそうなほど細い月が空に浮かんでいた。ベッドのそばの椅子に座っていた俺は、携帯で時刻を確かめる。

午後七時。約束の時間だった。

「……本当に来ますかね」

俺は篠川さんに尋ねた。

「来ると思います……返事には、そう書いてありました」

昼間、俺から話を聞いて、篠川さんは小菅奈緒にメールを送った。自分たちが持ち主の代わりに本を捜していること、とにかく病院に来て欲しいことを伝えると、「行きます」という一言だけのメールが返ってきた。こちらと話す意思はある——と、思いたい。

「本が返ってくるといいんですけどね」

彼女は笠井から鋏を借りている。なんらかの形で本を切ったのは間違いない。原形を留めていないおそれもある。

「……大丈夫じゃないでしょうか。読めなくなっていることはないと思います」

「どうしてですか？　鋏で切ったんでしょう」

「切ったと言っても……」

最後まで言う前に、力強いノックが聞こえた。俺たちが返事をする前にドアが大きく開き、ジーンズとTシャツを着た背の高い少女が入ってきた。目元がきりりとして彫りが深く、美少女というよりは美少年と言いたくなる顔立ちだった。

彼女は病室の真ん中で立ち止まり、ぐるりと四方を見回してから、俺たちを睨みつけるように見下ろした。

「……小菅奈緒だけど」

「こ、こ、こんばんは……し、篠川と……」

視線を泳がせつつ、篠川さんは小さな声で名乗った。

「はあ？　もっとはっきり喋れよ。聞こえないだろ」

強い口調で言われて、篠川さんの顔が真っ赤になった。

「いえ……あの……あう……」

ますますなにを言っているのか分からない。急に小菅奈緒が現われたせいで、パニックに陥ったようだった。なぜか本を盗んだ人間が堂々としていて、それを突き止めた人間がおどおどしている。

「俺たちは北鎌倉駅のそばにあるビブリア古書堂のもんだ」

仕方なく代わりに俺が喋り始める。店名を出しても少女は無反応だった。店の存在自体を知らないようだ。

「俺は五浦大輔。そこの店員。この篠川さんがオーナーだ。盗まれた本の持ち主は、うちの常連なんだ。それで捜すのを手伝ってた」

ふと、小菅奈緒がなんの荷物も持っていないことに気付いた。盗んだ本はどこにあるんだろう。

「本を盗んだのはあんたでいいんだよな？」

彼女は腕を組んで傲然と胸を張った。

「……そうだけど？」

開き直ったような態度に、俺は二の句が継げなくなった。罪を認めないか、認めて謝るかのどちらかだと思っていた。あの少年の言っていたとおり、この少女は確かに態度がでかい。

「そっちはどこからあたしのメルアドを知ったんだ？　あたしは誰にでも教えてるわけじゃない。どこかで盗み見したんじゃないだろうな」

俺はむっとした。他人の盗みを責められる立場じゃないだろう。

「あんたのクラスメイトだよ」

「クラスメイト？　誰だ？」

「……金髪の奴だ。あんたの家のそばのバス停で会った」

その途端、彼女の顔が蒼白(そうはく)になった。

「……西野(にしの)か？」

あいつは西野って名前だったのか——その時になって、あの少年が名乗らなかったことに気付いた。自分のプライバシーについては気を付けていたのだろう。

「あの本のこと、西野に話したのか？」

小菅奈緒はうめくように言った。

「いや。話していない。でも、すぐに教えてくれた」

「西野が……そんな……」

彼女の肩が小刻みに震えている。この少女は二度裏切られたようなものだ。一度目はプレゼントを渡した時、そして今。

「本を返してもらえるか？」

と、俺は言った。安い同情を口にしても、この少女は毛ほども喜ばない。西野との間に起こったことは、あくまで彼女の問題だ。志田の本を取り戻すことが俺たちの役目だった。

「……今は返せない」

小菅奈緒はぷいっと横を向いた。

「はあ？」

俺の声がつい大きくなった。

「返さないってどういうことだよ」

「うるさい！ お前たちに関係ないだろ！ どういうことがあったのか、どうせなにも知らないくせに！」

「ちょっと待て。なんであんたがキレるんだ。本を盗んだのは……」

「……なにがあったのか、だいたい分かります」

突然、ベッドの上で篠川さんが口を開いた。きちんと背筋を伸ばして小菅奈緒を見つめている。さっきまでのおどおどした態度はどこにもない。まるでスイッチが切り替わったようだった。

「あなたの事情をお話しすれば、持ち主の方も少しは待って下さると思います……それとも、わたしの口からお伝えしましょうか？」

その声には小菅奈緒を――そして俺をも一瞬黙らせる重みがあった。しかしそれはほんの一瞬のことで、少女は再び篠川さんに刺すような視線をぶつけた。

「勝手なことすんなよ。あんたに説明できるっていうのか？」

「……ええ、ひととおりは」

落ち着き払って篠川さんは答える。少女の目つきがますます険しくなった。

「だったら今、説明してみせろ。本当にできるかどうか試してやる」

まずいな、と俺は思った。もし少しでも間違えたら、本を返さないと言い出しかねない。もちろん、警察に通報して解決をはかることはできるが、被害者の志田はそれを望んでいない。

「大丈夫ですか？」

と、篠川さんの耳元で尋ねる。持ち前の洞察力を疑うわけではなかったが、この相手を納得させられるのか——しかし、彼女はあっさり頷いてみせた。

「ええ。大丈夫です」

そう言って目を閉じると、なめらかな口調で話し始めた。

「あの日、あなたは同じクラスの西野さんの誕生日にあげるお菓子を作りました……保冷剤が必要で、落としても割れたり崩れたりしなかったということは、タルトみたいなものでしょうか。それをラッピングして、えんじ色のリボンで飾り、紙袋に入れて家を出ました。西野さんが部活帰りに、近所のバス停からバスに乗るのを知っていたからです……ここまでで なにか間違っていますか？」

小菅奈緒は呆然と口を開けたままだった。すべて合っているらしい。

「……お寺の前で、あなたは自転車にぶつかって袋を落としてしまいました。中身は無事でしたが、ラッピングが崩れてしまいました。多分、リボンの結び目についていた飾り……造花かなにかが取れたのでしょう。それをもう一度固定するためには、紐(ひも)が必要でした」

「え？　紐？」

つい口を挟んでしまった。篠川さんは目を開けると、本の山の中から一冊の文庫を引き抜いた。フォークナー『サンクチュアリ』。新潮文庫。彼女は中ほどのページを開いて、えんじ色の紐の栞をつまみ上げた。

あ、と俺は声を上げた——そういうことだったのか。

「新潮文庫にはこの紐の栞……スピンが必ずついています。昔は大抵の文庫にはついていましたが、今はもう新潮文庫にしかありません。『落穂拾ひ・聖アンデルセン』にも、これと同じえんじ色のスピンがついています。あなたはこれのために、あの本を盗んだんです」

「……お前、どこかで見てたのか？」

小菅奈緒がつぶやいた。

「いいえ」

「じゃあ、なんでリボンの色とか、飾りのことまで……袋の中身はあたししか知らないんだぞ。西野だって見ていないんだ」

「スピンを使ったことに気付けば、リボンの色も察しがつきます。紙袋もえんじ色でしたから、中のラッピングもその色に合わせているのではと思いました……それに、文庫本のスピンは決して長くありません。直せるものは限られています」

篠川さんは『サンクチュアリ』を閉じて、ベッドサイドの本の山に戻した。

「最初、あなたはスピンを手で千切ろうとしたはずです。でも、これはそう簡単に取れないつくりになっています。仕方なく通りかかった男性に鋏を借り、スピンを切り取って作業を終えた……本はもう用済みでしたが、男性に見られていたので、その場で捨てることにも抵抗があったのでしょう。あなたはプレゼントを渡すことを優先して、本を隠し持ったままバス停に向かいましたが……」

一瞬、彼女は口ごもった。

「……結局、プレゼントは受け取ってもらえませんでした。あなたは本の処分を忘れて、そのままバス停から立ち去ってしまったんです……今までの説明で、間違っているところはありましたか？」

どっと力が抜けたように小菅奈緒はうずくまってしまう。しばらくの間、誰も口を開かなかった。

「……そこまで分かるのか」

膝と膝の間に顔を伏せたまま、弱々しくつぶやいた。

「ひょっとして、どうしてあたしが本を返したくないのかも……分かるのか？」

「確信は持てませんが……持ち帰った後も処分しなかったこと、返す意思はあること、はっきり説明しないことを考え合わせると……」

いつのまにか、篠川さんの声は柔らかく、優しくなっていた。

「……今、あの本を読んでいる最中だから、じゃないですか？」

少女は顔を上げる。かすかに耳が赤くなっていた。それから、自分の動揺を恥じるようにベッドから目を背ける。

「別に読むつもりじゃなかったんだ。あたしは本なんて好きじゃないし……でも、捨てる前にちょっとだけ開いたら……」

「……『落穂拾ひ』のページが開いたんですね」

篠川さんがその先を引き取る。そういうことか、と俺は心の中でつぶやいた。これは志田の愛読書だ。お気に入りの短編のページにくせがついていたのだろう。

「あの小説には、十代の少女が男性の誕生日にプレゼントを渡すくだりがあります」

俺にも事情が呑みこめた。自分と同じ年頃の少女が、誕生日のプレゼントを贈るエピソードが目に入れば、興味を惹かれても不思議はない。

小菅奈緒はうずくまったまま、膝の上に両腕と顎を載せた。目つきの険しさが和らぐと、まだ顔立ちには子供っぽさが残っていた。

「好きとかそういうのはよく分からないけど、とにかく特別だって思ったからプレゼントを渡したんだ……あいつがあたしのこと、嫌ってるなんて全然分かってなかった。まあ、ほんとに時間と労力の無駄遣いだったよ」

彼女の口調はさばさばしていた。無理をしているのか、もう吹っ切れているのか、どちらだか分からなかった。

「あの話って願望全開だよな。こんな女いねえよって最初は思ったけど、願望だって分かって書いてる。それがはっきりしてるから、いい話なんだと思う……あの本に入ってる他の話を今読んでるけど、どれもそういう感じ」

ジーンズの膝に手を着いて、勢いよく立ち上がる。彼女の口にした感想は志田のそれと奇妙に似通っている。年齢も性別も境遇もまったく違うが、同じ本を好きになる人間は似たような感性を持つのかもしれない。

「……盗んだことと、紐を切ったことは、謝るよ」

と、彼女は言った。

「紐が切れてていいなら、本は明日必ずここへ持ってくる。あと少しで読み終わるから……」

「それはいけません」

静かだがはっきりした声で篠川さんは遮った。呆気(あっけ)にとられている少女に向かって、彼女は話を続けた。

「わたしたちではなく、持ち主に直接返しに行くべきです。あの本の持ち主は志田さんといって、あなたと同じように『落穂拾ひ』をとても好きな方です。そういう気持ちが伝わるようにきちんとお詫びをすれば、きっと許して下さると思いますよ」

俺はようやく気付いた。ここへ呼んだ時から、篠川さんは本人に謝りに行かせるつもりだったのだろう。俺たちが返しに行くよりは、その方がずっといい。きっと志田も喜ぶだろう。

「……分かった、そうする」

小菅奈緒は迷うことなく頷いた。

数日後の朝、俺は小菅奈緒を連れて鵠沼海岸に来ていた。県外からの観光客を乗せた車で、海沿いの国道は渋滞を起こしている。海から波の音が聞こえてくる。ウィンドサーフィンの帆がいくつも沖合を滑っていた。

直接返しに行くという話が出た時に気付くべきだったが、小菅奈緒は志田のねぐらの場所をまったく知らなかった。誰かが連れていかなければならない。俺以外に適任者はいなかった。

国道を折れて、引地川沿いの狭い道に入る。急に人通りが少なくなった。

今日の小菅奈緒はちゃんと本を持ってきている——いや、直接見てはいないのだが、少し大きめの紙袋を手に提げていた。もちろん、俺たちが行くということは、志田にも話してある。ねぐらで待っているということだった。

歩いている間、彼女はほとんど口を利かなかった。緊張しているのが俺にもありありと分かった。

「……多分、あそこだ」

俺は鉄筋の橋の下を指差した。コンクリートの橋脚に寄り添うように、青いビニールシートの住まいらしきものが建っていた。俺の言葉を裏付けるように、入口のシートをめくって坊主頭の中年男が現われる。

志田の風貌に小菅奈緒は軽く目を瞠ったが、それもほんの一瞬だった。

「……ここまででいい。後は一人で行く」

早足でコンクリートブロックの斜面を下っていく。俺は慌てて後を追った。いいと言われても一応は見届ける義務がある。志田は俺たちに気付いて、首にかけていたタオルを取った。少女は志田の正面で立ち止まった。

「……小菅といいます」

「俺は志田だ。おはよう」

と、志田も名乗った。少女はぎくしゃくした動きで、紙袋から布のカバーのかかった文庫本を出し、両手で持って志田に向けた。

「返します。盗んだりして、ごめんなさい」

志田は黙って本を受け取り、確かめるようにカバーを外した。小山清『落穂拾ひ・聖アンデルセン』の書名が見える。かなり古いもので、茶色に変色していた。志田はページをぱらぱらとめくり、切り取られたスピンの切れ端に軽く触れた。

「……ああ、かわいそうにな」

と、ため息をついた。小菅奈緒は眉を曇らせて、目を伏せる。

「それはどうしても直らなくて。本当にごめんなさ……」

「いや、俺が言ってるのは本のことじゃねえ」

志田は首を横に振った。

「え?」

「お前さんのことだよ。こんなことまでやって頑張ったのに、プレゼントを受け取ってもらえなかったんだろ」

虚を突かれたように少女は立ちつくした。みるみるうちに表情が硬くなる。

「あたしは、謝りに来ただけです」

感情を抑えるような、低い声でつぶやいた。

「同情なんか要らない……あんなこと、もうどうだっていい」

「いや、どうでもよくはねえよ。お前さんは気持ちを踏みにじられて、傷ついた……それは間違いねえことだぜ。そんな嘘をつくことはねえんだ」

志田は静かに語りかける。小菅奈緒がひるむのが分かった。

「あ、あたしは嘘なんか……」

「そんな強がりなんか言わなくても、普段のお前さんと関わりのある人間はここにいねえ……もしよかったら、なにがあったか俺に話してみねえか?」

小菅奈緒は歯を食いしばって、ぶるっと肩を震わせた。

「あんなこと、話したって意味ない……なんの役にも立たないじゃない」

「まあ、大して役には立たねえかもな」

と、志田はあっさり頷いた。

「でもよ、誰かに話すだけでも気が楽になるってこともあるぜ……ほら、『落穂拾ひ』にもあったろう。『なにかの役に立つといふことを抜きにして、僕達がお互ひに必要とし合ふ間柄になれたなら、どんなにい丶ことだらう』ってな。甘ったるいけど、胸に染みる言葉じゃねえか？　胸にたまってることがあるなら、俺はなんでも聞くぜ」

突然、少女はぎゅっと目をつぶり、大きく口を開けた。叫ぶのかと思って身構えた途端、予想外のことが起こった。

彼女はぼろぼろと涙を流し始めた。声一つ上げようとしない。無言の涙だった。しばらくの間、俺たちは誰も口を利かなかった。遠くからかすかに波の音が聞こえてくる。やがて、志田が俺の方を向いて言った。

「お前、もう帰っていいぜ。後は俺たちだけで話す」

「はあ？」

俺は目を丸くした。この二人だけにして大丈夫なのか——いや、志田がこの少女になにかするとは思っていないが、泣いている女子高生を置いて帰っていいのか。

「そういうわけにも……」

「部外者だろう、お前は。本を見つけてくれた礼はいずれするからよ」

志田は呆れ顔で言い、小菅奈緒にも話しかける。

「お前さんはどうだ？　この男にいて欲しいか？」

彼女はためらいなく首を横に振り、鼻声で言った。

「……帰っていい」

当事者二人にそう言われては仕方がない。疎外感を覚えつつ、俺は川辺を後にした。


それから数日は何事もなく過ぎた。

志田と小菅奈緒がどんな話をしたのかは分からなかった。篠川さんに報告すると、そうですかと言っただけで、この一件に興味を失った様子だった。まあ、あの時志田の言ったとおり、俺たちは部外者だ。これ以上首を突っこむ理由はない。

ただ、週が明けてから、ビブリア古書堂に現われたせどり屋の笠井の口から、気になる話を耳にした。鵠沼海岸の橋の下に志田を訪ねたが、姿が見当たらなかったという。

「荷物はそのままあったけど、自転車がなかった。何日も留守にしている感じだったよ……ちょっと心配だね」

笠井は物憂げに言った。支援施設あたりにいるならまだいいが、どこかで事故や事件に巻きこまれていないとも限らない。

篠川さんに相談した方がいいかもしれない。いや、その前に小菅奈緒にメールで訊く方が先か。仕事をしながらあれこれ考えていると、夕方になって当の志田本人がひょっこり姿を現わした。

「ようよう、久しぶりだな。ちゃんと仕事してるか？」

上機嫌でカウンターに近づいてくる。ますます顔が日焼けして、坊主頭にうっすら半白の髪が生え始めていた。前に会った時より、服もかなり汚れている。どうにか生還した遭難者という風体だった。

「先だっては色々世話になったな。こいつのことで」

そう言うと、レジャーシート生地のバッグから、カバーのかかった文庫本を出して表紙を見せる。小山清『落穂拾ひ・聖アンデルセン』。

「お前が帰ってから、川っぺりで長々と喋っちまったよ。小山清の話でずいぶん盛り上がったんだぜ……愛想がいいわけじゃねえが、いい子だよな」

志田はしんみりした声で言い、ふと思い出したようにバッグから紙製の巾着袋を取り出して、カウンターに置いた。プレゼントらしく、袋の口は綺麗なリボンで結ばれている。

「これもくれたんだ。スピンを切っちまったお詫びだとさ……中を覗いてみろよ」

そういえば、文庫本一冊にしては袋が大きかった。このプレゼントも入っていたのだろう。リボンにはほどいた跡がある。首をかしげながら袋を開けた俺は目を瞠った。小さな爪切りと金属製の耳かきが入っている。

「気が利いてるだろ？　金目のもんじゃねえ分なおさらだ」

にやにやしながら志田が言った。意味するところは俺にも分かる。これは『落穂拾ひ』の中で、主人公が若い娘に贈られた品物と一緒だ。よく見ると今日の志田の爪は綺麗に切りそろえられている。さっそく使ったようだった。

「この本が返ってきたのは、あの姉ちゃんのおかげだ。あの子も言ってたぜ……病院にずっといるはずなのに、一から十まで全部言い当てられたってな」

そして、少しためらってから付け加えた。

「……ぞっとするぐらいぴったりだったってよ」

俺は少しばかり不満を感じていた。確かに一から十まで言い当てたのは彼女だが、俺もだいぶ働いたと思う。

「とにかく、こんなに早く本を見つけちまうなんて尋常じゃねえ手際だ。この店には礼をしなきゃならん……それでな、これなんだが」

志田は爪切りと耳かきを元通りしまうと、代わりに一冊の文庫本を俺に手渡した。小山清の本ではない。それよりも新しそうだが、最近の本でもなさそうだ。ピーター・ディキンスン『生ける屍』。サンリオSF文庫。聞いたことはないが、SF小説なのだろう。

「なんですか、これ」

「なんですかってバカかお前。売りに来たんだよ！」

志田は声を張り上げた。

「そっちが自由に値を付けていいぜ。一円でも売ってやる」

俺は『生ける屍』を見下ろした。なんとなくぺらぺらした紙質で安っぽい。定価四八〇円。志田が胸を張るほど高いものには見えないが、とにかく篠川さんに見てもらおう。

「ここ何日か、どこへ行ってたんですか？」

「そりゃお前、仕事に決まってんだろ。色々なとこを回って、やっと見つけたのがその本ってわけだ……ありがとうございますぐらい言えよ」

なんでこっちが礼を言わされるんだろう。礼のつもりで持ってきたんじゃなかったのか？

「……ありがとうございます」

一応、俺は頭を下げた。心配していた自分が馬鹿らしくなった。

病院へ行ったのは店を閉めた後、日の暮れかかる時刻だった。病室のベッドでノートパソコンを開いていた篠川さんは、俺に向かってぎこちなくお辞儀をした。

「お、お疲れさま……」

そう言ったまま、黙りこくってしまう。この店で働き始めてから一週間以上経つが、本以外の話をほとんどしたことがない。

「……お疲れさまです」

そして沈黙。しょっちゅう顔を合わせるようになっても、話さないのではあまり意味がない。一応、世間話を振ってみることにした。

「篠川さん、怪我の具合はどうなんですか？」

「……怪我、ですか？」

「この前、リハビリ室に行ったって言ってませんでしたっけ」

「え、ええ……一応……リハビリ、してます」

彼女はうつむいたまま小声で答える。

「どうして怪我したんですか。そういえば、聞いてないですけど」

腰にコルセットのようなものを着けているようだが、両足にはギプスをしていない。足の怪我だと聞いているが、回復してきているんだろうか。

「……」

答えようともじもじしているが、彼女は結局なにも言わなかった。俺はちょっとがっくりした。多少は親しくなったつもりだったが、ちょっとした世間話もまだできないとは。

「あ、あの……」

突然、篠川さんが声を張り上げる。自分の声に驚いたように首をすくめた。

「わ、わたし……本以外のことを話すのが、苦手で……で、でも、五浦さんとはまだ……わりと、話ができる方、なんです……」

ちょっと考えこまずにはいられなかった。これがわりと話せる方だとしたら、かなりまずいんじゃないか？

「あの……うちの店、辞めたりしません、よね？」

「えっ？」

「わたし、五浦さんとは、一緒に働きやすいんです……だから……」

俺はまじまじと彼女を見つめる。言わんとすることは分かった。もちろん答えは決まっている——つくづく変わった人だが、必要とされるのは嬉しい。

「辞めないですよ。本の話も聞けるし」

本が読みたいのに読めなかった俺にとっては、またとない環境だ。まあ、給料については多少言いたいことはあるが。

「あっ、そうだ」

ふと、ここへ本の話をしに来たことを思い出した。紙袋の中から、志田の持ってきたディキンスンの『生ける屍』を取り出した。

「今日、志田さんが店に来ました。この本を売りたいって預けていったんですけど」

差し出した文庫本を、彼女はおそるおそる上目遣いに見た——突然、眼鏡の奥で両目が見開かれる。ぱっと表情が明るくなった。いつもながら、スイッチが切り替わったような豹変（ひょうへん）ぶりだった。

「あっ、『生ける屍』ですね！」

次の瞬間、俺の手から本が消え、篠川さんの手に移っていた。彼女は幸せそのものの笑顔で色々な角度から文庫本を眺めている。カバーに印刷された黒服の女の絵がぐるぐる回転した。

「志田さん、これをどこから見つけてこられたんでしょうか……なにかおっしゃってましたか？」

「いえ……別に。珍しいものなんですか？」

「サンリオSF文庫はマニアックなラインナップで知られていました。日本ではあまりなじみのない、非英米圏のSF小説や幻想文学を多く刊行していたんですが、売り上げ不振から十年ほどでなくなってしまいました。この文庫でしか翻訳が出版されていない小説が数多くあります。ここで刊行されたすべての文庫を集めているSFファンも珍しくないんです」

すっかり元気になった彼女はすらすら説明する。

「この『生ける屍』は、その中でも特に発行部数の少なかった一冊です。古書市場にもあまり出てこないですし、今までうちに入荷したことはありません」

彼女が興奮している理由がなんとなく分かってきた。要するにかなり珍しいものということだ。この前の文庫と同じようなものだろうか。

「いくらぐらいで売れるんですか、これ」

「そうですね……天地や小口に焼けもありませんし、カバーも綺麗ですから……五万円以上は……」

俺は絶句した。この文庫本一冊で？　そんなに高いとは思ってもみなかった。そんなに珍しいものを「一円でも売ってやる」と志田は言っていた——古書店に対する十分な「礼」だ。手に入れるためにかなり苦労したに違いない。

「志田さん、小菅さんのことをなにかおっしゃってましたか？」

篠川さんが文庫本をめくりながら言った。

「ああ、この前は小山清の話で盛り上がったみたいで」

爪切りと耳かきを見せびらかした時の志田は、心底嬉しそうだった。同好の士と出会ったせいもあるだろう。

「志田さん、あの子からプレゼントを貰ってましたよ。それが……」

「爪切りと耳かきですか？」

彼女はさらりと言った。得意げに話を続けようとしていた俺はぎょっとした。

「えっ、どうして……」

とある考えが閃(ひらめ)いて、俺の質問は途中で途切れた。小菅奈緒とここで話をした時、この人は志田も『落穂拾ひ』を好きだと伝えてから、こんな風に続けていた——そういう気持ちが伝わるようにきちんとお詫びをすれば。

今思うと、小菅奈緒が爪切りと耳かきを贈るように仕向けていたのかもしれない。志田が喜んで彼女を許すことを見越して。

俺は無邪気に目を輝かせている篠川さんの横顔を眺めた。さっき店で『生ける屍』を預かった後、立ち去り際に志田が言ったことを思い出していた。

「今回、俺は世話になった。本当に感謝はしてるんだ。ただな……」

志田は口ごもり、真剣な表情を浮かべた。

「あの姉ちゃんの手際がよすぎるのが、かえって心配なんだ。頭が切れるのも度を越すと問題だぜ。あの姉ちゃんはそういうことに気が回りそうもねえし、お前が注意した方がいいんじゃねえのか？」

心配しすぎだろう、とその時は思った。この人は本への愛着で動いているだけだ。トラブルなんか起こりそうもない。

今も別に考えが変わったわけではない——ただ、爪切りと耳かきのことは少し気になる。彼女に悪気はないのは分かっているが、人を思い通りに動かしたと言えなくもない。もし、動かされた方の人間がこのことを知ったら、いい気持ちはしないんじゃないだろうか。

ほんの少し、注意を払った方がいいかもしれない。俺がこれからも彼女と一緒に働いていく以上は。

ページをめくり続ける篠川さんの唇が開いて、かすれた息が洩れ始める。口笛のつもりらしい。相変わらず、本人は意識していないようだった。

第三話　ヴィノグラードフ　クジミン『論理学入門』（青木文庫）

ノックしても返事がなかったので、ドアを開けて病室に入った。

窓から西日の射しこむ個室には、一瞬ベッドが見当たらなかった。ますます高くなった古本の塔に、半ば隠れてしまっていたからだ。ベッドの上には患者——俺の雇い主である篠川栞子さんの姿はなかった。

リハビリの最中かもしれない。今の時間はここにいないことが多い。慌てて出ていったのか、枕元(まくらもと)に開いたノートパソコンが置きっぱなしになっている。いくら病院とはいえ、不用心な気がした。ベッドの脇にあるラックには、小さな金庫も備え付けられているのだが、使うつもりがないのだろうか。

俺は背をかがめてドアをくぐった。朝から店番をやり、夕方に客から預かった本を持ってここへ来るのが、最近の日課になっている。彼女に本の査定と値付けをしてもらい、店に持って帰って客と交渉し、買い取り成立なら商品を店に出す——俺の仕事はその繰り返しだった。

「こ……こんにちは……」

か細い声に振り返る。開いたドアの向こうで、青いパジャマにカーディガンを羽織った女性が車椅子に乗っていた。長い黒髪にフレームの太い眼鏡。俺の視線に困惑したように、うつむいて背筋をもぞもぞさせている。

「あっ、こんにちは」

　慌てて脇にどくと、車椅子が病室に入ってくる。それを押している中年の看護師も一緒だった。彼女は仏頂面で障害物をよけ、車椅子をベッドに近づける。決して乱暴な動きではなかったが、車輪の一つを本の筐にぶつけてしまった。床に積み上がった『日本思想大系』の塔がぐらりと揺れた。

「あっ！」

　女性二人の口から同時に声が上がった。篠川さんは本の方を、看護師は車椅子の方をそれぞれ心配そうに確かめた。

「……ここの本、もう少し減らして下さいね。前から言ってますけど」

　車椅子からベッドに移動するのを手伝いながら、厳しい声で看護師は言った。やっぱり注意されてたのか、と俺は納得した。当然の話ではある。

「……は、はい。すみません、気を付けます……」

　ベッドの上で篠川さんは丁寧に頭を下げる——が、本当に気を付けられるのかはだいぶ怪しい。この美人はどうしようもない「本の虫」で、息をするように本を読む。今まで注意しても改まらなかったのだから、今さらどうにもならないんじゃないか？

「少しは気を付けて下さいね、あなたも！」

突然、看護師は俺の方に矛先を向けた。呑気にやりとりを聞いていた俺は、思わず背筋を伸ばした。

「……俺ですか？」

「そうです！　お見舞いにこれ以上本を持ってこないように。彼女だからって甘やかさないで下さい」

「え……」

俺は絶句した。看護師は車椅子を畳んでできるだけベッドに寄せ、俺たちを一睨みして出ていってしまった。なんとも微妙な空気が後に残った。

「……困りますよね」

曖昧な言い回しで沈黙を断ち切る。

もちろん俺たちは恋人同士などではない——しかし、ただの店長と店員というわけでもなかった。他人と本の話がしたくてもできない彼女は思う存分本について語り、本が読みたくても読めない俺はその話を思う存分聞く、という、ちょっとした持ちつ持たれつの間柄だ。

「そっ、そうですね……こ、困ります……」

篠川さんはベッドの上で声を絞り出す。耳まで真っ赤になっていた。

「……わ、わたしが、かっ、彼女っ、なんて……迷惑、ですよね、五浦さんに」

「いやいやいやいや、そうじゃなくて！」

相づちを打とうしていた俺は、大あわてで否定した。

「誤解されるのが困るって意味です！　俺が迷惑って意味じゃなく！　全然迷惑なんかじゃないですよ。逆に嬉しいっていうか……」

はっと口をつぐむ。微妙な発言だった。なんだか告白してるみたいじゃないか。

「あ……同じこと、考えてました……わたしも」

と、彼女は言った。どのあたりまで俺の考えと同じだったのか、訊いてみたい欲求にかられた。「誤解されるのが困る」ということなのか、ひょっとすると「逆に嬉しい」まで同じなのか――しかし、言葉を選んでいるうちにタイミングを外してしまった。

「ど、どうでした？　リハビリ。だいぶ歩けるようになりました？」

結局、無関係な話題を持ち出してお茶を濁した。

「……え……ええ。少しは……摑まり立ちで、ちょっと……」

「退院の日取りって決まってるんですか」

「まだ、はっきり……来月、ぐらい？」

「そうなんですか」

と、俺は言った。端から見ればまったく弾まない会話に思えるだろうが、以前に比べればこれでも格段に進歩している。もともと、この人は本に無関係な会話を苦手としているのだ。

ぼちぼち、仕事の話に入った方がよさそうだ。丸椅子に腰かけた俺は、紙袋から一冊の文庫本を取り出して彼女に見せた。

「……本の査定、お願いします」

ヴィノグラードフ　クジミン『論理学入門』。相当に古いもので、表紙の端や本の角がすり切れている。あまり状態がいいとは言えない。

「あっ、青木文庫ですね！」

それでも、彼女は晴れ晴れとした笑顔で受け取った。いつものこととはいえ、別人かと言いたくなるような変化だ。子犬の頭でも撫でるように、ゆっくりと表紙を撫で始める。

「久しぶりに見ました！　今はないんですよ、この文庫も」

確かに青木文庫というのは初めて聞く。この本も絶版文庫というやつなのだろう。

「高く売れる本なんですか」

「いいえ……そうでもありません」

彼女は残念そうに首を横に振った。

「え？　でも、あまり見かけないんですよね」

「いい本ですけど、古書市場でそう需要があるわけではないんです……これは状態もよくないですし、売り値で五百円ぐらい、でしょうか」

俺は目を丸くした。この前、せどり屋の志田から買い取ったサンリオSF文庫とはえらく違う。

「青木文庫は一九五〇年代から三十年間ほど刊行されていた総合文庫です。社会科学の理論書や、昔の共産圏の文学作品が多くここから世に出ていました。『論理学入門』は書名通り論理学の解説書で、長い間版を重ねていたロングセラーです……お持ちになったのはどういう方ですか？」

「そうですね。五十代後半で、スーツを着ていて……」

俺は口をつぐんだ。その客について思い出していたのだが、一言でうまく説明できなかったからだ。

「……どうかしましたか？」

「実はちょっと話を聞いて欲しかったんです。その客がなんか変っていうか……」

「変、ですか？」

　彼女は首をかしげた。

「ええ。話すと長くなるんですが……」

　九月に入ったばかりだというのに、その男はきちんとビジネススーツを着こみ、ネクタイを喉元で締めていた。髪をぴったり撫でつけ、綺麗に髭（ひげ）も剃っている。地方銀行の支店長という印象だが、濃い色のサングラスをかけているのが少し変わっていた。店に入ってきた男は、脇目もふらずにまっすぐカウンターに近づいてきた。長身で痩せてはいるが、浅黒い肌は健康そうに見えた。

「こちらでこの本を買って貰いたいのだが」

　よく通る渋い声で一音ずつはっきりと言い、『論理学入門』をカウンターに置いた。銀行員という印象を頭の中で少し訂正した。ベテランのアナウンサーかナレーターのようにも思える。

「担当者が不在ですので、明日までお預かりすることになりますけど、それでよろしいでしょうか？」

　どうにか嚙まずに説明する。この三週間で古本屋の接客にも少し慣れてきていた。

「それで結構だ」

「ありがとうございます。こちらにお名前とご住所のご記入を」

俺は買い取り票とボールペンをカウンターに置き、氏名欄と住所欄を指で示した。

男はサングラスを外し、ペンを手に取って走らせ始める。名前は坂口昌志（さかぐちまさし）。一九五〇年十月二日生まれ。住んでいるのは鎌倉の隣の逗子（ずし）市だ。

びしっとした見た目のわりに字はあまり上手（うま）くない。丁寧に書いているつもりなのだろうが、枠からはみ出していた。

ふと、俺は坂口の右の目尻にくっきりと傷が走っていることに気付いた。サングラスをかけているのは、この傷を隠すためだったのかもしれない。

昨日今日ついた傷ではなさそうだ。いかつい顔に凄みを与えている。こうして見るとまた違う印象を受ける。きちんとスーツを着た、妙に渋い話し方をする、顔に傷のある男——全体的になにをしているどういう人物かよく分からない。買い取り票の職業欄には「会社員」とだけ書いてあった。

「これでいいかね？」

「あ、はい」

「買い取り価格はいくらでも構わないが、売り物にならないようなら持ち帰りたい」

「分かりました」

「明日の正午にここへもう一度来る。その時までに査定を終えていて貰いたい。予定が変わる場合は、その都度連絡する。わたしの話は以上だが、そちらからなにか話はあるだろうか？」

「いえ、こちらからは特に」

俺から付け加えることはなにもない。なさすぎて不安になるぐらいだった。

「そうか。では、よろしく頼む」

坂口は再びサングラスをかけて、行進のような歩調でビブリア古書堂から出ていった。

「……ずいぶん、きちんとした方みたいですね」

そこまで話し終えたところで、篠川さんが口を開いた。

「そうですね。きちんとしてるんですけど、ちょっと引っかかって……なんかこう、度が過ぎてるというか」

坂口の行動が怪しいというわけではない。ただ、あまりにも受け答えに間がなかったのが気になる。あらかじめすべての会話を想定し、どう言葉を返すか決めていたように思えた。極端に筋道立った喋り方をする人間というだけかもしれないが。

「五浦さんが変だと思った理由は、他にもあるんですよね？」

彼女の言葉に俺は驚いた——やっぱり、この人は勘が鋭い。

「ええ、まだ続きがあります」

と、俺は言った。そう、問題はここからなのだ。

「坂口という人が帰ってから、一時間ぐらい後だったんですが……」


確か時間は午後二時を回ったあたりだったと思う。俺はビブリア古書堂に現われたせどり屋の笠井と話をしていた。なんでもネットを通じて古本の買い取り依頼が来たそうなのだが、古本の知識のない笠井には対応できない。志田にも協力を頼んでいるが、ビブリア古書堂も協力してもらえないか、もちろん相応の見返りはする——。

悪い話ではないかな、と思ったところで店の電話が鳴った。

「毎度ありがとうございます。ビブリア古書堂で……」

受話器を取って名乗ろうとした途端、甲高い声が耳元でびりびり響いた。

『もしもし古本屋さん？　そちらでは本を買ったりするんでしょ？　今日、坂口って人が文庫本を売りに来なかった？　背が高くてむすっとしてて、堅い喋り方のおじさん。坂口昌志。上り坂とか下り坂の坂に口で、日を二つ重ねて昌、志(こころざし)の志って書いて昌志……』

啞然としていた俺が我に返ったのはこのあたりだった。

「あの、失礼ですけど、どちら様ですか？」

『坂口の妻です……って改まって言うとなんか照れちゃうわね。うふふふふふふ。やだわ！』

答えの途中でなぜか笑い声が挟まった。どういうテンションなんだこの人は。坂口という男も相当変わっていたが、妻を名乗るこの女はそれ以上に変わっている。というか本当に身内なのか？　坂口が来たと言ってしまって大丈夫なのか？

『どうなの？　来たでしょ？　うちの人』

俺は眉根を揉みながら考えこんだ。坂口の名前も、文庫本を売りに来たことも知っているのだから、妻というのは本当なのだろう。なにか緊急の連絡でもあるのかもしれない。

「……はい、いらっしゃいました」

『あらそう。で、その文庫本、もう買い取っちゃった？　ひょっとして誰かに売ったりしちゃった？』

「いえ、まだお預かりしただけです。これから担当者が査定をすることになってまして」

『その査定っていつ頃するの？』

「今日の夕方に……」

『じゃ、うちの人はまたそっちに行くのね。今日中？　それとも明日？』

「明日です」

『分かったわ！　ほんとにありがとう！　あなた、なんていう人？』

「五浦といいます」

『五浦さんね。五浦さん、それじゃ、また後で！』

「え？」

俺は思わず訊き返した。「また後で」ってなんのことだ？　しかし、すでに通話は切れてしまっていた。

「……ずいぶん、元気な方みたいですね」

篠川さんが口にしたのは控えめな感想だった。元気というか、だいぶテンションがおかしい。

「どう思いますか？　この夫婦。なにがあったんですかね」

彼女は拳を唇に当ててしばし考えこむ。やがて、意外な質問を口にした。

「坂口さんの奥さんは、電話の後で店にいらっしゃいましたか？」

「いや。どうしてですか？」

「また後で、とおっしゃったんでしょう。店に行くという意味だと思います」

「え？」

言われてみると、そういう意味に取れなくもない。応対した俺の名前も確認していた。

「でも、うちの店になにしに来るんですか？」

「買い取りが成立する前に、この本を取り戻すおつもりだと思います……こちらの査定がいつなのか、ご主人がいつ来店されるかを確認なさったわけですから」

「あ……」

なるほど。あの一方的な発言の数々も、そう考えればすべて腑に落ちる――わけでもないが、一応は筋が通ってくる気がする。

「じゃあ、奥さんの本だったんですか、それ」

「どうしてですか？」

「買い取りを止めようとしてるんでしょう。自分の本を売られそうになったとか……」

「それはないと思います」

篠川さんは首を横に振った。

「それなら真っ先に五浦さんに事情を説明なさったはずです……感情を抑えるタイプの方ではなかったんでしょう？」

「……そうか」

夫に対して怒っている様子はまったくなかった。むしろ妻だと名乗る時に笑ってさえいた。もし勝手に本を売られたのなら、愚痴の一つでもこぼしそうなものだ。

「ん？　でもそうすると、あの坂口って人が自分の本を売ろうとしてるのを、奥さんが勝手に止めようとしているってことですか？」

「ええ、そうなりますね」

「その方が変じゃないですか？　なんでそんなことするんです？」

篠川さんはカバーのない『論理学入門』の表紙を俺に見せた。書名の周りに花のような茶色い模様があしらわれている。いかにも昔の本という感じだった。

「きっと、この本になにか秘密が隠されているんだと思います」

そう言ってページをめくり始める。俺も伸び上がって覗きこんだが、『漱石全集』の時と違ってサインなどない。どのページにも書きこみはまったくなかった。状態がよくないのはしょっちゅう開いていたからで、扱いが悪かったからではないらしい。

「あの、論理学ってなんなんですか？」

と、俺は尋ねる。根本的すぎる質問だが、篠川さんは特に気に留めた様子もなかった。

「この本で解説されているのは形式論理学ですけど、そうですね……簡単な例では、AイコールB、BイコールC、故（ゆえ）にAイコールCといったような……」

俺は記憶を探った。それは聞いたことがある。

「……三段論法、でしたっけ？」

「ええ。そういった推論を導き出すための判断の構造を、形式的に説明するのが形式論理学です。この本はロシア……この時代はソ連の学校で使われていた教科書の日本語訳で、論理学の入門書といった内容でしょうか。例題に『労働者』とか『コルホーズ農民』が出てくるのが面白いですね。レーニンやスターリンの発言がちょくちょく引用されていたりしますし」

論理の筋道、と聞いて、俺はあの坂口という男のことを思い出した。こういう本を愛読していると、あんな風に整理された話し方をする人間になるんだろうか。

「……これは初版ですね」

篠川さんは最後の方の奥付を開いて言った。身を乗り出して覗きこむと、一九五五年七月一日刊行の初版だった。

「坂口昌志さんは、新刊の書店でこの本を買われたわけではないようです」

「どうして分かるんですか？」

篠川さんは俺が本に挟んでいた買い取り票を抜いて、生年月日の欄を人差し指で示した。一九五〇年十月二日生まれ――なるほど。この初版が出た時にはまだ五歳だ。坂口昌志。幼稚園児が買って読むような本ではない。

「じゃ、古本屋で買ったってことですか？」

「あるいは、誰かから贈られたものか……あっ！」

突然、篠川さんは鋭く叫んだ。それから、自分の声に驚いたように口を塞ぐ。こんな風に声を上げるなんて珍しい。

「……あ、ごめんなさい」

彼女の視線は『論理学入門』の一番最後のページから動かなかった。新刊案内を覆うように、紙のラベルのようなものが貼られている。右端に「私本閲読許可証」と印刷されていて、「書名」「所持者」「許可日」「舎房」などを書きこむ欄がある。「書名」欄には『論理学入門』、「所持者」欄には「坂口昌志」とある。名前の上にはなぜか

「一〇九」という数字が記されていた。

「許可日」は四七年一〇月二一日となっていた。おそらく西暦ではなく昭和だろう。先月の『漱石全集』の一件以来、計算の仕方を憶えていた。昭和四十七年は一九七二年。今年は二〇一〇年だから、この紙が貼られたのは今から四十年近く前、ということになる。

「なんなんですか、これ」

図書館の貸し出しカード、ではなさそうだ。「私本」とか「舎房」とか、なじみのない表現が引っかかる。

篠川さんは俺の質問に答えなかった。沈んだ表情で「私本閲読許可証」を凝視したままだった。

「篠川さん？」

少し大きな声で呼びかけると、やっとのことで口を開いた。

「……古書を扱っていると、たまに見かけるものなんです」

言いにくそうな、重い口調だった。

「刑務所の図書館などから、受刑者に貸し出される本を『官本』、受刑者が私物として持っている本のことを『私本』というんですが……これは、『私本』に貼られる許可証のことです」

　俺は無言で「私本閲読許可証」を見下ろしていた。しばらくそうしてから、やっと意味が呑みこめた。この許可証には坂口の名前がある。ということはつまり――。

「あの人、刑務所にいたってことですか？」

「……おそらくは。この『一〇九』は受刑者番号だと思います」

「そんな、まさか……」

　確かに変わった人物だったが、法を犯した人間にはとても見えなかった。まあ、前科のある人間に会ったことなどないのだが。

「……本当に服役なさっていたのか、調べてみますか？」

「えっ？　分かるんですか？」

「手がかりぐらいなら、得られるかもしれません」

　篠川さんはサイドテーブルの上にあったノートパソコンを引き寄せて、俺に見えるように起動させた。可愛いデザインのデスクトップをちょっと期待していたが、現われた壁紙が本の表紙の画像で力が抜けた。本の書名は『晩年（ばんねん）』だ。本当に読書が好きなんだなあ、と呆れるより前に感心してしまった。

「あ、あの、これは……見ないで下さい……」

　彼女は顔を真っ赤にして、ブラウザを立ち上げる。ノートパソコンの側面にデータ通信端末が刺さっていて、この病室からでもネットに接続できるようになっている。アクセスした先は大手新聞のデータベースだった。検索フォームに素早く「坂口昌志」と打ちこんだ。

「あっ」

　俺は彼女の意図を悟った。「坂口昌志」がなにか事件を起こしたとすれば、新聞記事になっているかもしれない。こんな方法で調べるなんて想像もしなかった——俺は固唾を呑んで検索結果を見守る。大きな記事がいくつか出たが、すべて同じ事件を報じたものだった。一九七一年一月九日。あの許可証が発行される前年だ。

「保土ヶ谷で銀行強盗／白昼の追跡劇

　八日午後、横浜市の相模野銀行保土ヶ谷支店に、猟銃を持った若い男が押し入り、現金四十万円を奪って止めておいた乗用車で逃走した。駆けつけたパトカーに追跡され、約一キロ離れた民家のブロック塀に激突して停止し、強盗・窃盗容疑で逮捕された。犯人は近くに住む元工員、坂口昌志（二〇）で、現在警察は取り調べを進めている」

開いた口が塞がらなかった。あの銀行員然とした男が、よりによって銀行強盗とは――ますます想像がつかないが、本人としか思えなかった。年齢がぴったり符合する。

それに、こんな一文が別の記事にあった。

「民家の塀に激突した際、坂口は顔などに軽傷を負い、現在病院で治療を受けている。取り調べには支障はないという」

俺は坂口の目尻の傷を思い出す。この事件の時に負ったものに違いない。

「あの人……本当に前科があったのか」

「……そうですね」

篠川さんは重々しく頷いた。

「でも、この事件以来『坂口昌志』の名前は新聞に出てきていません……事件を起こしたのはこの一度きりで、今は更生なさっていると思います」

俺もそう思いたかった。今も更生していなかったら心配だ。なにしろ、明日接客するのは俺なのだから。

「どうします？　この本の買い取り」

「いつもと同じように買い取ればいいと思います。この本の買い取り額は百円とお伝え下さい」

本当にいつもの査定だった。彼女の言うとおり、相手が誰であろうと変わらない取り引きをするのは当たり前だ——が、まったく不安を覚えないと言ったら嘘になる。

「ただ、気になることがあります」

彼女はそう言いながらノートパソコンを閉じ、俺の方に体を向けた。

「なにがですか?」

「どうして坂口さんが本を売るおつもりなのか、どうして奥さんがそれを止めようとなさっているか、です」

「え? もう要らなくなったから売るんじゃないですか?」

「でも、四十年近く、ずっとお持ちだった本でしょう? 買い取り金額はいくらでもいいということですから、お金に困っていらっしゃるわけでもなさそうです。文庫本一冊の置き場所に困ることもないでしょうし……売る必要がどこにあったんでしょうか」

俺は腕組みをする。確かに長く持っていた本を、理由もなく売ろうとは思わないだろう。ひょっとすると、坂口の妻の電話となにか関係があるのかもしれない。

静まりかえった病室に、かつかつかつと足音が近づいてきたのはその時だ。俺たちが振り返った途端にドアが大きく開き、小柄な女が入ってきた。

「こんにちは！　店長さんの病室ってここ？」

甲高い声が脳天まで響いた。赤いワンピースを着て、栗色（くりいろ）の髪の先をくるりと巻いている。二重瞼で顔の輪郭が丸く、全体的に幼く見えるが、下がった目尻と口元に皺がある。たぶん三十代の後半だろう。厚化粧が平坦（へいたん）な顔に無理やり凹凸（おうとつ）を作っていた。日焼け止めの長い手袋だけがアンバランスに地味だが、どこからどう見ても出勤前のホステスだった。

彼女は目を細めて病室を見回す。

「なんかすごい数の本ねえ。こんなの初めて見るわ。そっちの眼鏡の美人さんが店長さん？　九月に入ったのに今日もほんと暑いわね。大船駅からここまで歩いてきたんだけどやんなっちゃった……あ、ごめんなさい。自己紹介もしないで勝手に喋っちゃって」

名乗るまでもなく誰なのか分かったが、彼女は改まって深々と頭を下げてきた。

「あたし、坂口昌志の妻でしのぶです。その文庫本、返して下さい！」

坂口しのぶはにこにこしながら勝手に丸椅子を持ってきて腰かける。その間も遮る間もなく話し続けている。人目を惹く容貌ではないが、表情の豊かな、人懐っこい感じの人だった。

「一旦(いったん)、北鎌倉のお店の方に行ったんだけどねえ、高校生のバイトの子に、話の分かる人は病院にいますからって言われて、電車に乗ってここまで来たの……あらやだ。あたし病院に手ぶらで来ちゃった！　ごめんね、店長さん」

いきなり呼びかけられて、篠川さんは顔を真っ赤にして飛び上がった。

「い、いえ、そんな……あの、わたし、篠川といいます……初めまして……」

ぼそぼそとはっきりしない声で答える。さっきから微妙に体の位置をずらして、俺の陰に隠れようとしている。とにかく、本の話を始めないとこの人の緊張は解けない。

俺は咳払いをした。

「本を返して欲しいって、どういうことなんですか？」

「あ、あなたが五浦さん？　さっき電話で話した人？　背が高いわねえ。うちのまさくん……じゃなくて主人より大きいわ」

まさくんという呼び名は、坂口昌志の昌から来ているのだろう——似合っているかどうかは、あまり考えないことにした。

「ご主人は自分の本をうちに売ろうとしているんですよね？」

「そうなのよ。でも絶対おかしいの！　ずっと大事にしてたものを、急に売るって言い出したんだから。いくら訊いても理由を言わないし、やめた方がいいって言っても聞いてくれないし……とにかく本を取り返そうと思ってここまで来たの。ねえ、あの人って話し方がすっごく堅いでしょ？」

「えっ？　……ええ、まあ……」

ころっと話題が変わって、ついていくのに苦労した。

「それも『論理学入門』って本のおかげみたいなの。若い頃はすっごくバカだったんだけど、お寺で修行してる時に高校時代の先生があの本をくれて、何度も読むうちに筋道立てて人と喋るようになったんですって。性格が変わっちゃったぐらい凄い本なのよ」

一瞬、俺は篠川さんと顔を見合わせた――寺？

「……寺ってなんですか？」

「あー、ごめんごめん。うちの人ね、二十歳（はたち）過ぎで出家して、どこかのお寺みたいなところに五年ぐらいこもってたらしいの。お坊さんになりたかったわけじゃないんだけど、色々あってどうしても入らなきゃいけなかったみたいで」

俺は神妙な表情を保つのに苦労した。どうやらこの人は坂口の前科について、なにも知らされていないらしい。っていうかなんだ寺って。

「とにかくすっごく厳しいところで、高い塀があって外にも出られないし、誰かが来てもちょっとの時間しか面会できなかったんですって。修行をやめて外に出たら、世の中がすっかり変わってて驚いたって言ってたわ」

ほとんど正解まで言っちゃってるじゃねえか、と、俺は心の中でぼやいた。ここまで聞いても刑務所の話だと気付かないとは、よほど他人の話を信じやすい性格なんだろう――。

いや、それだけじゃない。夫を心から信頼しているということだ。

「とにかく、売らない方がいいと思うのよ。きっと後悔するわ……ねえ、そこにあるのってうちの人の本でしょ？　まだお金貰ってないんだったら、持って帰っていいわよね」

坂口しのぶは椅子から腰を浮かして、篠川さんの膝に置かれた『論理学入門』を指差す。今にも本を強引に取ってしまいそうだった。止めなくていいのか迷っていると、

「申し訳ありませんが、お渡しできません」

篠川さんがきっぱり言った。いつのまにか俺の陰に隠れるのをやめて、しのぶをまっすぐに見つめている。本について語る時の彼女だった。

強く拒絶されて、しのぶは目を丸くした。

「え？　どういうこと？　どうして駄目なの？」

「この本の持ち主はご主人です。そして、ご主人が売ることを希望されています……古書を扱う人間として、お客様のご希望を蔑ろにはできません。もし、取り引きを止めたいとお望みなら、どうかわたしたちではなくご主人を説得なさるようお願いします」

本をしっかりと握りしめたまま、篠川さんは深々と頭を下げた。坂口しのぶは力が抜けたようにすとんと腰を下ろした。うって変わって黙りこくっていたが、やがて篠川さんに力なく笑いかけた。

「うん、そうよね……店長さんの言うとおりだわ。あたし考えるのが苦手だから、無理言っちゃった……ごめんなさい」

そして、ため息をつきながら、天井に向かって目を細めた。

「でも、なんでほんとに売ろうとしてるんだろう。絶対変だと思うのよねえ……本人はなにも言わないし、誰か分かる人いないかしら」

それは無理な話だ。家族にも分からないようなことを、「分かる人」などいるわけがない——いや、ここに一人いる。俺は篠川さんを振り返った。こういう謎を解くのは得意な人だ。

「……ご主人とは、本当に仲がよろしいんですね」

と、篠川さんが言った。しのぶは照れ笑いを浮かべながら大きく頷いた。

「うん！　そうなの！　結婚してからもうすぐ二十年だけど、今でもラブラブラブなのよ！」

ラブを一つ増やしたくなるほど仲がいいということか。篠川さんも釣りこまれたように微笑んだ。

「ご主人とはどんな風に知り合われたんですか？」

情報を得ようとしているのが俺には分かった。しのぶは表情を改めて、俺たちにぐいっと上半身を寄せてくる。

「それを説明すると長くなっちゃうけど、いいかしら」

俺たちが黙って頷くと、彼女はためらうことなく早口で話し始めた。

「あの人と会ったのはねえ、あたしが高校を卒業した次の年だったんだけど……」

「その頃、あたしホステスやってたの……あ、今も友達のやってるスナックを手伝ってるけどね。こういう格好してるのも、これから出勤だから。

あたしね、あんまり親とうまくいってなかったの。うちの両親は二人とも頭がよくて、いいとこの大学をちゃんと卒業した人たちでね。あたしは勉強が全然できなかったから、子供の頃からずーっとバカだバカだって言われ続けてて……教育熱心って言えばそれまでなんだけど、あたしはそれがすごく嫌だった。

だから、高校を卒業してすぐに家を出ちゃったの。最初は普通の会社の事務やってたわ。でもねえ、とにかくすごく要領が悪くて、あんまり使えないからって半年でクビになっちゃった。

生活しなきゃいけないから、色々バイトしたんだけど、やっぱり怒られてばっかりで……なんか向いてる仕事があるはずだと思って、キャバレーで働くことにしたの。

最近はキャバレーってあんまり見ないわよね。あたしの若い頃でも少なくなってたけど、横浜駅の西口に老舗(しにせ)の大きなキャバレーがあって、面接に行ったら一時採用ってことになったの。

ほら、あたし今でもすごいお喋りでしょう？　その頃はもっともっとひどかったのね。ホステスってお客さんをもてなす仕事なのに、自分のことばっかりずっと喋ってて……お客さんはみんな大人だから、高校卒業したばっかりの子供の話なんか聞いてもしょうがないじゃない。一生懸命やってるつもりだったけど、やっぱり怒られてばっかりだった。このままだとクビだって言われて、すごく落ちこんでるところに、あの人が一人でお店に来たの。

暑い日なのにびしっとスーツ着て、背筋がぴんと伸びてたわ。今と見た目はあまり変わらないわね。まあ、あの頃でももうおじさんだったけど……もちろん結婚してなかったわ。普段は女の子のいる店で飲んだりしないけど、今日は気晴らしに来たって言ってた。

最初はね、すっごく怖い人だと思ったの。自分からはなにも話さないし、喋り方も堅いし。なんかうちの父親と似てたのね。きっといい大学出て、銀行にでも勤めてる人なんだって思ったらあたし緊張しちゃって……三十分ぐらいほとんど話さないで飲んでばっかりいたんだ。

そうしたら、あの人が急に言い出したの。

『わたしは自分のことを話すのが苦手だから、君のことを聞かせて欲しい。話題はどんなことでも構わない。どんな話でも聞こう』って。

それまで好き勝手に話すなって言われたことはあったけど、好きなように話せって言われたのは初めてだったわ。びっくりしたけど、そう言われて話さないわけにいかないじゃない？　昨日の晩ご飯のこととか、子供の頃飼ってた犬のこととか、とにかく思いついたことを話し始めたの。

だんだんあたしもリラックスしてきたんだけど、クビになりかかってて落ちこんでたって言ったでしょ。気が付いたら悩み相談室みたいになってて、めそめそ泣きながら自分の人生に駄目出ししてたの。バカすぎてなにやってもうまくいきません、どこでどう生きていったらいいか分かりませんって……今振り返ると、よく聞いてくれたなあって思うわ。ほんとにただの愚痴だもん。

それでね、ここからが大事なの！　さんざん愚痴こぼした後に、あたしこう言ったの。『ホステスはバカには向いてないんです。あたしバカだから、ホステスにも向いてないんです』って。

あの人、それまで黙ってあたしの話を聞いてくれてたんだけど、急にグラスを置いたのね。その音が大きかったからびっくりしちゃって、なんか怒らせちゃったんだって思ったんだけど、そうじゃなかった。あの人、ものすごい真顔で言ったの。『今、君は三段論法を使って話をした。バカな人間に三段論法は使えない……君は絶対にバカではない』

変でしょう？　三段論法って言われてもさっぱりだったんだけど、励ましてくれたのは伝わって……なんか胸がじんとしちゃった。あたし、誰かに励まされたことってほとんどなかったの。

それでね、あの人あたしの両手をぎゅっと握って、こう言ってくれたの。

『わたしの若い頃より、君ははるかに頭がいい……この両手できちんと稼いで生きているのがなによりの証拠だ。誰になんと言われようと、恥じることはない』

……あたしね、それ聞いて生まれて初めて男の人に抱かれてもいいって思ったの。いやむしろ抱かれにいこうって……それで本当に抱かれにいって、そのまま押しかけるみたいに結婚しちゃった。うふふふふふ。

年が違いすぎるとか、性格が偏屈だとか、色々言う人いたけど、そんなの全然気にならなかった。あれからずいぶん経つけど、今でもすごく幸せ。あの人って怖そうに見えるでしょ？　でもね、ほんとは優しいの。若い頃に苦労したからかしら。こんないい人いないっていうぐらい、あたしにもったいないような人なの！」

その後もひとしきり夫の長所を誉め称えてから、坂口しのぶは自慢げに胸を張った。

「どう？　ほんとにいい人でしょ！」

聞いているうちに、俺は重苦しい気分になってきていた。坂口に同情の念が湧く。

ここまで自分を信じてくれる人間に向かって、前科があることなど打ち明けられるわけがない。出家なんて無茶な嘘をついたのも分かる気がする。

「最近、なにかご主人の様子で変わったことはありませんでしたか？」

と、篠川さんは言った。途端にしのぶは表情を曇らせる。

「一月ぐらい前からかな、ちょっと様子がおかしいの。いつも以上に無口だし、笑わないし、あたしとあまり目を合わせないの……あ、あとあのサングラス！　こないだ買ってきたんだけど、すごく趣味悪いの！　あれが一番変！」

そこは一番どうでもいいところじゃないのか。篠川さんは『論理学入門』の表紙をしのぶに見せた。

「奥さんはこの本を読まれたことはありますか？」

「ううん。ないわ」

と、彼女は大きく首を横に振った。

「あの人の大事にしてるものだし、あたしが読んでも分からないし……あ、でもこの前掃除の時にちょっとめくったわね。居間のサイドボードに置きっぱなしになってたんだけど、埃かぶってたからちょっと払ったのよ。その時にぱらぱらっと」

そう言って本をめくるしぐさをした。篠川さんの顔色が変わるのがはっきり分かった――『漱石全集』の真相に気付いた時と同じだ。

「……その時、ご主人は近くにいらっしゃいましたか？」

「どうだったかなあ……あ、うん。いたかも。掃除するからどいてって言って、縁側に行ってもらったの。あの人、縁側でラジオ聞いてたわ。最近、ラジオがお気に入りなのよね……」

「そうですか……」

篠川さんは低くつぶやいた。俺にも真相が分かった気がした──この本に貼ってある「私本閲読許可証」は、坂口昌志の前科に繋がっている。万が一にも気付かれたら、結婚生活が破綻（はたん）することも考えられる。少しでも危険を遠ざけたいと思うのが当たり前だ。

「ね、その本、ちょっと貸してくれる？　見てみたいわ」

しのぶの言葉に、俺はぎょっと目を剝いた。篠川さんも困惑しているようだった。

「あ、もう持って帰るなんて言わないわよ。ただ、どういう感じの本なのかなーって。考えたらちゃんと読んだことないんだもん。ね、それぐらいはいいでしょ？」

彼女はにこにこしながら、無邪気に手を差し出す。気が付くと俺は口を開いていた。

「あの、誰にでも見られたくないものがあるんじゃ……」

「五浦さん！」

篠川さんに注意されてはっと我に返った。しまった。つい余計なことを言ってしまった——しかし、篠川さんは首を横に振った。

「……違います。そうじゃありません」

「え？」

違うってどういうことだろう。なにか俺の言ったことが間違ってるのか？

坂口が服役していたこと、そのことを示す「私本閲読許可証」が彼の持つ『論理学入門』に貼ってあること、最近その本を妻が手に取った後で、うちに本を売りに来たこと——どう考えても、前科を隠すための行動にしか思えない。他になにか答えがあるってことなのか？

「どうしたの？　なんの話？」

しのぶは俺たちの顔を見比べてから、『論理学入門』に視線を落とした。

「この本になにかあるの？」

篠川さんは答えなかった。病室が静まりかえる——俺は自分のミスを悔やんでいた。今この本を見せたら、「私本閲読許可証」が俺たちの動揺の原因だと気付かれてしまうかもしれない。しかし、かといって見せなければもっと不審に思われる。どうしたらいいか分からなかった。

ノックの音が聞こえてきたのはその時だった。俺は胸を撫で下ろした。

「……どうぞ」

篠川さんが返事をすると、病室のドアが静かに開く。スーツを着こみ、サングラスをかけた長身の男が入ってきた。よほど急いできたのか、肩で息をしている。

「あっ、まさくん！」

しのぶが嬉しそうに手を振った。

現われたのは坂口昌志だった。

「こっちに座って、ここここ」

坂口しのぶはもう一つ丸椅子を持ってきて、自分の近くに置いた。坂口昌志は黙ってその椅子に座る。一緒にいる姿は仲睦(なかむつ)まじいが、夫婦というよりは、久しぶりに帰郷した娘とその父、といった眺めだった。

「それで、どうしてここへ来たの？」

「明日の予定が変わったので古書店に電話をしたら、君が病院へ向かったと聞いた。それでここまで来た」

にこりともせずに坂口は言い、その表情のまま付け加えた。

「できれば、人前で『まさくん』と呼ぶのは控えて欲しい。以前にも言ったことだが」

「あっ、ごめん。ええっと、まさ……しさん。昌志さん！　本、売るのやめよう！」

いきなり核心に触れる。坂口は口元を引き締めた。

「申し訳ないが、それはわたしが決めることだ。もう要らないと思ったから、売ることにしたんだ」

「要らないなんて嘘！　ずっと大事にしてきたじゃない、その本！」

しのぶはそう言いながら『論理学入門』を指差した。

「あたしのことだってその本で口説いたくせに！　三段論法ってそれに書いてあったことでしょ？　あたしにとっても思い出の本なんだから！」

「……わたしには口説いたつもりはなかったが」

「あたしが口説かれちゃったんだから同じなの！　あの後で告白したら、あなただってちゅーしてくれたじゃない！」

坂口はちらりと俺たちの方を窺った。表情は変わっていないが、首筋に玉のような汗をかいている。さすがに坂口が気の毒になった。この女性に喋らせていると、夫婦のプライバシーがどこまでもだだ洩れだ。

「せめて、どうして売ることにしたのか、ほんとの理由を教えて。最近、あなた変だもん。あんまり喋らないし、元気もないし、それにそのサングラス！とにかく変！」

やたらサングラスにこだわる人だ。しかし、その言葉を聞いた途端、坂口の視線がわずかに泳いだ。どういうわけか動揺している。サングラスで動揺することなんてあるのか？

「……坂口さん」

篠川さんが口をおもむろに開いた。

「いずれ周囲にも分かってしまうことです。隠しおおせることではありません……他のこととは違って」

彼女は最後の方だけ力をこめて言った。やっぱり様子がおかしい。明らかに前科の他にも秘密があると仄めかしている。「違います」という言葉を思い出す——一体、なにが周囲に知られてしまうというんだろう。

「む……」

坂口の顔が青ざめた。篠川さんが前科のことを言っていると気付いたらしい。サングラスの奥の目を糸のように細めて、俺たちを順番に見つめた。

「君たちには知られているようだな。なにもかも」

もう少しで手を挙げるところだった——いや、俺は分かってません。四十年前の事件の他に、どんな秘密があるのか。篠川さんはどうやって気付いたのか。彼女の知っていることは、俺も全部知っているはずなのだが。

「自分のことを話すのが苦手なの、知ってる」

と、しのぶが言った。

「でも、悩んでるなら教えて。お願いだから」

坂口はゆっくりサングラスを外した。長い時間をかけて、妻の顔を見つめてから、静かな声で淡々と言った。

「……ここまで近づいても、もう君の顔がはっきり見えない。目を閉じているのか、開いているのかも分からない」

「えっ……」

彼の妻は驚きの声を上げた。

「わたしは眼病を患っている。目の中に水がたまる病気だ。残念ながら治ることはない。運悪く、わたしは若い頃に目に怪我をしている。そのせいで進行も早いそうだ……あの本を売ろうと思ったのは、もう読めなくなったからだ」

病室が静まりかえった。坂口は俺たちの方を向いた。

「どうして君たちは分かったんだ？　うまく誤魔化（ごまか）しているつもりだったが」

俺もそれを知りたい——今までの話のどこに手がかりがあったんだろう？　ベッドを振り返ると、篠川さんは落ち着き払って言った。

「……きっかけはこれです」

彼女は『論理学入門』の間から買い取り票を取り出した。坂口は身を乗り出して彼女の手元を見つめる。

「坂口さんがうちの店で書かれたものですが、文字が枠をはみ出ています……几帳面な方にしてはおかしいと思いました」

「……はみ出ていることにすら気付かなかった」

坂口は自嘲気味につぶやく。

「今も自分の書いた文字が読めない……そのことだけで分かったのか？」

「いいえ。さっき最近の坂口さんのことを奥さんからお聞きするうちに、分かってきたんです。ラジオを聞いているから新聞を読むのが難しくなったからでしょう。サングラスをかけているのは、直射日光から目を守るため、本に埃がかぶっているのも、もう本を開かなくなったから……すべて視力が衰えてしまった方の行動に思えたんです」

俺は唖然とした。言われてみれば彼女の言うとおりだった。

　それにしても、この人は坂口と会話すらしていない。妻にも隠し続けていたことを、伝聞だけで見抜いてしまった。やっぱりとんでもなく頭の切れる人だ。

「……でも、どうして奥さんに話さなかったんですか？」

と、俺は坂口に尋ねる。普通は真っ先に家族に話すと思うのだが。坂口はふっと目を伏せた。

「わたしには失明のおそれがある。今後は生活していく上で、他人の助けを借りざるを得ないだろう。今の会社はもう少しで定年退職だが、その後再就職は望めそうにない。経済的にも苦しくなる可能性がある……年の離れたわたしと結婚したことで、今までも彼女にはなにかと苦労をかけている。打ち明ける前に、気持ちの整理が必要だった」

　坂口は俺の顔を見上げる。初めて気が付いたが、きちんと視線を合わせることができていない。はっきり見えていないのだ。

「相手が家族だからこそ、打ち明けにくいこともある。そう感じない者も世の中には大勢いるだろう。しかし、わたしのような人間は違う」

　前科のことを言っているのだと俺にも分かった。坂口はもともと大きな秘密を抱えて生きてきた。打ち明けるという行為自体に抵抗があるのかもしれない。

「今まで黙っていて済まなかった」

彼は自分の妻に向かって頭を下げる。坂口しのぶは眉を寄せて腕組みをしている。童顔のせいかあまり難しい表情が似合っていない。やがて、例の甲高い声で言った。

「まさくん、あたしよく分からない」

呼び名が元に戻っていたが、今度は坂口も指摘しなかった。

「……なにが分からないんだ？」

「結局、どうして本を売ろうとしてるの？」

「さっきも説明したが、もう読めないからだ。本というものは読まれるためにある。捨ててしまうよりは、誰かの手に渡った方が……」

「あたしが読めばいいじゃない。声に出して」

彼女はこともなげに言った。唖然とする坂口に向かって、彼女は言葉を継いだ。

「まさくんの大事な本でしょう。あたし、毎日読んであげる。朗読なんかしたことないから、多分すっごく下手だけど。ね、それでいいでしょ？」

彼女はにっと白い歯を見せた。

「なかなか言えないことがあっても、そんなことはいいの。まさくんの目が見えてても、見えてなくても、あたし必ずそばにいるから……もしあたしに話したいことがあったら、その声の聞こえるところにいるから……だってその方が絶対に楽しいんだから」

坂口は彫像のように押し黙っていたが、やがて唇にかすかな笑みを浮かべた。

「……分かった。ありがとう」

椅子から立ち上がり、篠川さんのベッドに近づく。

「申し訳ないが、その本を売るのをやめようと思う。返して貰っても、構わないだろうか」

篠川さんは深く頷いて、坂口に『論理学入門』を手渡した。

「もちろんです。どうぞ、お返しします」

文庫本を手にした坂口は、妻のそばに戻った。

「君の出勤までまだ時間はあるか？　これからのことをどこかで話したいが」

「うん、大丈夫よ」

と言って、坂口しのぶは立ち上がった。俺は内心ほっとしていた。坂口の前科が露呈することなく、この一件は解決したようだ。篠川さんは坂口の目のことに気付いた時から、そのつもりで話をしていたに違いない。

過去を打ち明けるかどうかは、これから坂口がゆっくり時間をかけて決めることだろう——。

「……実はもう一つ話がある」

坂口がそう切り出した時、俺はまだ感慨に耽っている最中だった。彼の妻は首をかしげて夫を見上げる。

「なあに？」

「わたしには前科がある」

「えっ！」

思わず声を上げたのは、坂口しのぶではなく俺と篠川さんだった。せっかく前科の話が出ずに済んだのに、どうして自分から言い出すんだ？

「出家したと言ったのは事実ではない。二十歳の時、わたしは勤めていた工場をクビになり、明日の食事にも事欠いていた……たとえどんな方法であっても、生活に困らないだけの大金を手にしたいと考えたのだ。知り合いの家から車と猟銃を盗んで、近所にあった銀行を襲った。むろん、すぐに逮捕された」

ニュースのように淡々と自分の前科を説明する。しのぶはぽかんと口を開けたまま、夫の顔を見守っている。坂口は自分の目尻の傷を指差した。

「この傷はその時についたものだ……今まで黙っていたこと、嘘をついたことを謝る」

坂口は深々と頭を下げた。彼の表情は分からなかったが、背中が震えているのははっきり分かった。端で見ているだけの俺も、緊張のあまり手のひらに汗をかいてきた。これは二十年分の重みのある告白なのだ。

彼の妻はふうっと息をついて、下から夫の顔を覗きこんだ。長い沈黙を破ったのは彼女だった。

「やだわ。急に改まっちゃって……なにかと思ったじゃない」

と、自分の腕を夫の腕に絡めた。

「分かってたわよ、そんなこと」

「えっ」

俺と篠川さんは再び声を上げた。さっきからこの二人には驚かされてばかりだ。

「分かっていたのか……？」

坂口は目を上げて尋ねる。

「うん。バカじゃなければ分かるわよ」

意味ありげに彼女は夫に笑いかけた。

「あたしはバカじゃないんでしょ。だからね、ずっと前から分かってたの……あっ、これも三段論法？」

「ああ、そうだな……その通りだ」

二人は俺たちを振り返って会釈し、腕を組んだまま病室を出ていった。

「……君と結婚して正解だった」

最後に坂口のつぶやきが聞こえて、ドアが元通りに閉まった。

坂口夫妻がいなくなると、妙に病室が広く感じられた。文字通り嵐（あらし）が去っていったようだった。

「……いつから、分かってたんですかね」

と、俺は言った。一緒に暮らしていれば分かるのかもしれないが、なにかきっかけがあったはずだ。しかし、篠川さんは首を横に振った。

「いいえ。本当はご存じなかったはずです」

「えっ、分かってたって言ってたじゃないですか」

「もし本当にご存じだったら、ご主人の過去のことを気軽に話されるとは思えません。万が一にも、わたしたちが秘密に気付かないように、細心の注意を払われたはずです」

俺は坂口しのぶの言ったことを思い返す。確かに前科があると感づいていたら、軽々しく坂口の「出家」の話をするのはおかしい。

「でも、どうしてそんな嘘を……」

「もし知らなかったとおっしゃっていたら、ご主人は二十年間奥さんを騙していたことになります。それは本当のことですけど坂口さんはただでさえ病気のことを打ち明けられずに、悩んでいらっしゃいました。これ以上、自分に引け目を感じて欲しくない……そういう理由だと思います。他に説明のしようがありません」

「はー……」

俺は感嘆の声を洩らした。もしそれが本当だとすると、夫のとんでもない過去を告白されて、動揺一つ見せずに笑って嘘をついたことになる。坂口の言ったとおり、彼女がバカであるはずがない。

「あのご主人も、奥さんの嘘にお気付きだったと思います。論理的に考えれば、奥さんの言動に整合性が取れないでしょうから……でも、その嘘を暴いてもなんの意味もありません。奥さんの優しさを受け止められた、と見るのが妥当です」

いつものことだが、この人には本当に驚かされる。古い本に関係しているなら、どんな謎でも解いてしまいそうな気がする。

俺は篠川さんの横顔を見つめた。この三週間で色々な本について話しているが、彼女自身について知っていることはあまりない。古い本が好きで、古い本について話すのが好きというところから、あまり前に進んでいなかった。坂口昌志の話ではないが、自分のことを打ち明けるのが苦手な人間なのだろう。

それはそれで構わない。今のままでも結構楽しい。

「じゃ、そろそろ俺は店に戻ります」

篠川さんの妹に店番を任せたきりだ。俺がなかなか戻ってこないので、腹を立てているかもしれない。

丸椅子から腰を浮かしかけて、俺の動きが止まった。シャツの裾を篠川さんの白い手が握りしめている。思いつめたような目つきだった。

「……どうしました？」

急に体温が上がった気がした。こんなことは初めてだ。また椅子に腰かける。

「もし、さっきの坂口さんのように、わたしにも隠していることがあると言ったら、どうしますか」

「え……」

「聞きたいと、思いますか？」

たった今考えていたことを見透かされた気分だ。俺は戸惑っていた。一体、なにが始まったんだ？

「……聞きたいです」

　混乱しながらも、俺ははっきり答えた。彼女はドアが閉まっていることを確かめてから、かすれた小声でゆっくり話し始めた。

「以前、五浦さんはわたしに尋ねましたね……どうして、怪我をしたのかって」

「あ、はい……」

「二ヶ月前、わたしは近所にある父の友人の家へ向かっていました。坂の上にあるお宅です。その途中、わたしは急な石段から転げ落ちました……ひどく雨が降っている日で……足を滑らせた、と皆には説明しました」

　沈黙が流れる。俺はごくりと唾を呑みこんだ。

「……本当はそうじゃない、ってことですか？」

　彼女は頷いた。いつのまにか俺たちは、額がつくほどの距離で話をしていた。

「この件は今まで誰にも話せませんでした……でも、五浦さんには聞いていただきたいんです。構いませんか？」

「……はい」

　と、俺は答えた。鼓動が速くなっている。なにか、とんでもないことを聞かされる気がした。

「わたしは、石段から突き落とされました。この二ヶ月、その犯人をずっと捜しているんです」

篠川さんは俺と視線を合わせた。強い意志のこもった目——本の謎を解いている時の、あのいつもの目だった。

第四話　太宰治『晩年』（砂子屋書房）

不意にガラス戸の外が黒々として、他の色が溶けるように薄らいだ。真夏のような夕立が降り始めた。

俺は客のいない店内でガラスケースの中をいじっていたが、雨音と同時にビブリア古書堂の外へ飛び出した。百円均一のワゴンに雨よけのシートをかぶせなければならなかったからだ。すぐそばの北鎌倉駅のホームを見ると、電車を待っていた人々が屋根の下へ走ってくる。ここの上(のぼ)りのホームには一部しか屋根がない。

カウンターの上に商品を置きっぱなしにしていたことに気付く。慌てて店内に戻ると、奥の母屋に通じるドアが開いた。裾の広がったTシャツとジャージを着た、十六、七の少女が現われる。学校から帰って洗顔でもしていたのか、前髪を変な風に上げてゴムで結わえている。オーナーである篠川さんの妹だった。名前は篠川文香という。

「あーあ、降っちゃったねー」

と、話しかけてくる。以前は俺を白い目で見ていたのだが、最近かなり打ち解けてきた。今の服装を見る限りでは、打ち解けすぎてかえって心配なぐらいだ。俺が赤の他人だということを忘れてるんじゃないのか？

「お客さん、来てる？」

「いや、あまり……平日だし」

ガラスケースの前で作業を続けながら答える。

「やっぱり不景気だねえ。つぶれちゃうかなあ、うちも」

さらっと不吉なことを言う。俺は眉を寄せただけでなにも言わなかった。ここで働き始めてから一ヶ月だが、売り上げが以前より落ちていることは分かっている。なにしろ、売り場を仕切っていた店主が二ヶ月も不在なままなのだ。うまくいく方が不思議というものだ。

俺はパラフィン紙に包まれた本を棚に飾った。少し変色した白っぽい表紙に、手書きらしい題字で『晩年』と印刷されている。黄色い帯（おび）には佐藤春夫（さとうはるお）と井伏鱒二（いぶせますじ）の推薦文が載っていた。

「あれっ？　その本！」

篠川文香は驚いたような声を上げた。

「それ、昔からうちにあったすっごい高い本じゃなかった？　あのほら、なんていったっけ。あの有名な人の。だ、だ、だ、だ……」

「……太宰治（だざいおさむ）」

俺は助け船を出した。昭和十一年に刊行された太宰治の記念すべき処女作品集——なのだが、残念ながら本を読めない俺は内容を知らなかった。

「この本、店に出しちゃうんだ。これだけはなにがあっても売らないってお姉ちゃん言ってたのに。やっぱりここんとこ売り上げがダメだから？」

ガラスケースの鍵を閉めようとしていた俺は、ガラスに映った少女の顔をちらりと眺めた。

「……最近、この本を買いたがってる客っていた？」

「いないよ、全然」

彼女は首を横に振り、くすっと笑った。

「お姉ちゃんと同じようなこと言うね。しょっちゅうお姉ちゃんにも訊かれるんだ……この本を買いたいって人は来てないか、もし来たらすぐに連絡しなさいって。ね、なんか大事なこと？」

「いや……別に」

と、俺は嘘をついた。詳しい事情は俺と篠川さんだけの秘密になっている。

篠川さんの妹は俺の隣に立ち、ガラス越しに『晩年』を凝視した。さかんに首を捻っている。

「あのさ、これってお姉ちゃんが病室の金庫に入れてたやつだよね？」

「うん、まあ……」

「こんなに綺麗な本だったっけ……？」

一瞬、俺は動きを止めた。姉と似ていないように見えるが、意外に勘が鋭い。思いがけないところで核心を突いてくる。

「前に見た時は、もうちょっと汚れてたような気がするけどなあ……角の方とか」

あまりそのことには触れて欲しくなかった。これ以上、じろじろ見られないようにするにはどうしたらいいか——頭を悩ませているところに、店の外で青白い光が閃いた。間を置かずに激しい雷鳴が空気を震わせた。

「おおう」

篠川文香は変わった驚きの声を上げた。怖がっているのではなく感心しているらしい。軽い足取りでガラスの引き戸に駆け寄り、黒々とした雷雲を見上げた。

「凄かったね、今の。きっと近くに落ちたよ！」

北鎌倉には山が多い。峰に建っている鉄塔に雷が落ちることは珍しくなかった。

ふと、病院にいる篠川さんのことを考えた。今頃、一人きりの病室から空を眺めているんだろうか。ひょっとすると彼女は雷を嫌がるかもしれない。二ヶ月前、石段から突き落とされた日も、こんな雷雨だったという話だ。

篠川さんの秘密を聞いたのは一週間前、坂口夫妻が病室を去ったすぐ後だった。

「……突き落とされたって、どういうことですか？」

と、俺は彼女に尋ねる。いきなり「突き落とされた」と聞かされても、どう受け取っていいのか分からなかった。

「それをお話しする前に、まず見ていただきたいものがあります」

そう言うなり、彼女はパジャマの一番上のボタンを外した。首まわりの鎖骨のくぼみがはっきり見える。目を剝いたまま硬直する俺の前で、彼女は胸元に手を突っこんだ。

取り出したのは首から下げていた小さな鍵だった。俺に渡されたそれには、まだはっきりと肌の温（ぬく）もりが残っていた。

「……その金庫の中にあるものを出して下さい」

ベッドのそばにあるラックを指差す。ラックの下段には確かに小さな金庫があった。今までなにが入っているか考えたこともなかった。

俺は言われたとおりに金庫を開ける。紫色の袱紗（ふくさ）に包まれた四角いものが置いてあった。手に取るとひどく軽い。再び椅子に腰かけて包みを開けると、出てきたのはパラフィン紙に包まれた一冊の本だった。表紙に『晩年』と印刷されている。佐藤春夫の推薦文が印刷された帯もあった。

古い本にしては、状態はかなりいいようだ。珍しいものだということだけは察しがつく。『晩年』という書名には聞き覚えがある。確かこれは——。

「『晩年』は太宰治の処女作品集です。これは昭和十一年に砂子屋(まなごや)書房から刊行された初版本です」

俺は頷いた。読んだことはないが興味はある。

「うちの祖父が知人から譲り受けたもので、祖父から父へ、父からわたしへ受け継がれました。売り物ではなく、わたし個人のコレクションです」

ぱらぱらとめくってみて、様子がおかしいことに気付いた。数ページずつ袋とじのような状態になっていて、飛ばし飛ばしにしか読むことができない。こんな本は初めて見る。

「……乱丁本(らんちょうぼん)ってやつですか？」

彼女は静かに首を横に振った。

「アンカットです」

「アンカット？」

「普通、本というものはこんな風に袋とじで製本されて、その後小口や天地を綺麗に

切り揃えます。アンカットというのは、切り揃えられずに出版された本のことです
……昔はこういう状態で出版された本が多かったんです」

「どうやって読むんですか？」

「ペーパーナイフで開きながら読んでいくんです」

なるほど、と感心していた俺の手が止まった——ということは、この『晩年』はまだ誰にも読まれていないことになる。かなり貴重なものなんじゃないだろうか。

「あれ……」

もう一つ変わったものが俺の目に入った。ちょうど開いていたのは表紙の見返しだったが、そこに細い毛筆で文字が書きこまれていた。

「自信モテ生キヨ　生キトシ生クルモノ
スベテ　コレ　罪ノ子ナレバ」

その隣に「太宰治」という名前が添えられている。突然、本がずしりと重くなった気がした。

「これ……本物ですか？」

彼女が頷く前から答えは分かっていた。『漱石全集』で見た偽のサインとは明らかに違う。名前でしか知らなかった遠い昔の作家が、急に生身の存在として現われてきた気がした。

「『晩年』は太宰が二十七歳の時に刊行されました。それまで書きためた短編を収録したものですけど、その中に『晩年』という題名のものは一つもないんです」

「じゃあ、なんで『晩年』なんですか？」

「遺書のつもりだったと太宰自身が書き残しています。小説家として活動を始める以前にも、太宰は女性と入水（じゅすい）自殺を試みています。場所はここから少し先の腰越（こしごえ）ですね……その後も自殺未遂を繰り返すわけですけど」

それぐらいは俺も知っている。確か最後は愛人と一緒に玉川上水（たまがわじょうすい）に飛びこんでしまったとか。

「この初版は五百冊しか印刷されませんでした。ページがアンカットのまま、帯付きで署名まで入っている美本は、もうこの一冊以外に存在しないかもしれません……そのつもりはありませんけれど、もしうちの店で売るとしたら……三百万円以上の値を付けると思います」

俺は唾を呑みこんだ。本に限らず、そんな値段の品物に触れたことなど今まで一度もない。

「でも、わたしにとってこの本の価値は、値段とは関係ありません。見返しに書かれた太宰の言葉の方が大事なんです」

俺は改めて太宰の筆跡を見下ろす。「自信モテ生キヨ　生キトシ生クルモノ　スベテ　コレ　罪ノ子ナレバ」――神経質そうな細い字だ。「罪ノ子」のあたりだけ少し筆の力が強い。うまく説明できないが、胸に引っかかる言葉だ。

「きっと知り合いを励ますつもりで、一文を書き添えて本を贈ったのでしょう。同じ文章の書かれた署名本は、他にも見つかっています……『罪の子』という言い回しに、思い入れがあったのかもしれませんね。この本には収録されていませんが、『鷗』という短編にも出てきます」

罪の子、という言葉を口の中で繰り返してみる。

「……みんな悪人、ってことですか」

「必ずしもそうではなくて……生きている者は誰でも業が深い、という意味にわたしは解釈しています」

みんな業が深いから、自信を持って堂々と生きろ、ということか――前向きなのか後ろ向きなのか、なんだかよく分からない励ましだ。

「自分のことを言われているようで、わたしは好きなんです。好きな言葉というのは、そういうものでしょうけど……」

俺はちょっと目を瞠った。自分自身についてどう思っているか、篠川さんの口から聞くのは初めての気がする。「業が深い」という評価は意外だった。本が好きなことを言っているのかもしれない。

「わたしと同じように、この言葉を好きな人がいます。熱烈な太宰ファンで……その人が、わたしを石段から突き落としました」

彼女は目を伏せて、ベッドに投げ出された自分の足を見つめている。

「……誰なんですか、そいつは？」

「本名も素性も分かりません……はっきりしているのは、この『晩年』を欲しがっていることだけなんです」

いつのまにか、窓の外では日の光が薄れ始めている。篠川さんは自分の身に起こった出来事を淡々と話し始めた。

「さっきもお話ししましたけど、この本は売り物ではなくて、わたしが店と一緒に受け継いだものです。いざという時は好きなように処分していい、と父には言われていますけど……わたしはこれを母屋に保管したままで、人目に触れるところに出したことはありませんでした……一度だけの例外を除いては」

「……例外？」

「長谷にある文学館はご存じですか？」

俺は頷いた。一度行ったことがある。古い洋館を改築した建物に、名作の生原稿や作家ゆかりの品々が展示されている。文学専門の博物館のようなもので、鎌倉大仏と並ぶ長谷の観光スポットだ。

「去年は太宰治の生誕百周年でしたから、文学館でも回顧展が開かれました。その時、わたしの持っている『晩年』を展示させて欲しいと依頼されて、お貸しすることにしたんです」

かすかに記憶が蘇ってくる。以前、その話をどこかで聞いた——いや、見たと言うべきか。とにかく知っている。

「その話、ネットで見た気がします。うちの店からなにかの展覧会に本を貸したって……」

ここで働き始めた頃、「ビブリア古書堂」で検索をかけたことがあった。古書マニアが集まるコミュニティで、誰かがその情報を書きこんでいた。そういえば、太宰の

『晩年』のことだったかもしれない。

「ええ、それです……」

篠川さんは表情を曇らせながら頷いた。

「文学館の展示では、うちから貸したということは伏せられていたんですけど、どなたかが気付かれたんでしょう。祖父や父はうちに来るお客様にこの本を見せていましたから……問題はわたしがこの本を持っていることが、多くの人に知られてしまったことです。回顧展が終わった後、メールが来たんです」

彼女はノートパソコンを開く。液晶モニタのバックライトが薄暗い病室をわずかに照らす。画面を覗きこんだ俺の目に入ってきたのは、誰かから篠川さんに送られたメールだった。

『ビブリア古書堂・篠川様

初めまして。わたしは大庭（おおば）葉蔵（ようぞう）と申します。

先日、鎌倉散策の折に文学館に立ち寄り、貴店ご所有の太宰治『晩年』を拝見致しました。息を呑むほどの美本、署名と共に添えられた一文に胸が震えました。

自信モテ生キヨ　生キトシ生クルモノ　スベテ　コレ　罪ノ子ナレバ

是非とも当方にお売り頂きたくメールを差し上げた次第です。金額、入金先、郵送方法などをこのメールアドレスまでご返信願います』

「……最初、このメールを見た時は、いたずらかと思いました」

「え？　なんでですか？」

つい俺は口を挟んだ。興奮しているのは伝わってくるが、取り立てておかしなものではない。

「この名前です。大庭葉蔵……これは『晩年』に収録されている『道化の華』という短編の主人公の名前です」

なるほど、と俺は頷いた。つまり偽名ということか。

「これだけの大きな取り引きを、電話ではなくメールで済ませようとしているのも変わっていますし……いずれにせよ、わたしはこの本を売るつもりはありませんでした。店の在庫ではなく、個人のコレクションである旨を書いて返信したんです。すると、五分も経たずにまたメールが来ました」

彼女の指がメールソフトのフォルダを示す。次のメールの件名は「金額を提示して下さい」になっている。勝手に値段の交渉に入ろうとしているらしい。彼女はさらに次のメールを指した。今度は「あの本がわたしにとって必要な理由」。さらに彼女はその次のメールも——俺の背筋に冷たいものが這った。

フォルダには大庭から来たメールが何百、いや何千も収まっていた。どれだけスクロールしていってもなかなか最後までたどり着かない。ストーカーとしか思えない執着ぶりだ。ただし、対象は人間ではなく本なのだが。

「警察にも一応相談したんですが、このメールだけでは動きようがないということでした。海外のフリーメールを使っていますから、身元の特定も容易ではないということで……無視していいものか迷っているうちに、この人が店に現われたんです」

「梅雨のまだ明けきっていない頃でした。わたしが一人で店にいた時、大きな旅行バッグを提げた、スーツ姿の男の人が引き戸をくぐって入ってきたんです。

顔ははっきり分かりませんでした。大きなマスクをして、サングラスをしていましたから。とても背の高い人で、さほど年は取っていないようでした。

『わたしが大庭葉蔵です』

ぼそぼそした声で名乗ると、その人はバッグから札束を出してカウンターに置きました。

『四百万あります。これで売って下さい』

そう言ってわたしを説得し始めました。他の作家の初版本も集めているけれど、その中でも特に太宰の初版本に愛着がある、この書きこみがある『晩年』は自分のようなコレクターにとって完璧だ、どうしても手に入れたい……そんな話だったと思います。

わたし、気が動転していたんですけど、どうにか話を遮ってお金を返しました……メールにも書いたことを繰り返したんです。父から受け継いだものですし、愛着もあるので、これだけは絶対に手放す気はありません、と。そうしたら、彼は念を押すようにわたしに尋ねました。

『なにがあっても、手放す気はありませんか？』

……わたしがはいと答えると、彼は身を乗り出してきました。

『わたしもこの本には愛着があります。たとえ何年かかろうと、どんな障害があっても、必ず手に入れるつもりです』

そう言い残して店を出ていきました。わたしはどっと疲れてしまいました……きっとまた店に来るでしょうし、どう言えば分かってもらえるのか、途方に暮れてしまったんです。

その日は店を閉めてから、近所に住む父の友人の家へ向かいました。生前に父が借りていた本を返すことになっていて……ひどい夕立が降る中、わたしは急な石段を上がっていきました。傘を差して、本の包みを胸に抱えて、ほとんど自分の足下しか見ていませんでした。

もう少しで石段を上がりきるところで、一番上に男の人が立っていることに気が付きました。傘を上げてその人の顔を見ようとした途端、肩を強く押されました。足を踏み外したわたしは、石段の一番下まで転げ落ちました。体がまったく動かなかったので、ひどい怪我を負ったのは分かりました。助けを呼びたかったんですけど、意識が朦朧(もうろう)として……そこへ石段を下りてくる足音が聞こえました。

その人は本の包みを拾い上げて、中を確認したようでした。

『なんだ、あの本を持っていないのか』

残念そうな声が聞こえました。雨音が大きかったですけど、大庭葉蔵の声だとはっきり分かりました。声に特徴があるんです。低くてよく通る声で……五浦さんの声と似たような感じでした。

『あの本はどこにある?』

続けてそう尋ねます……わたしは大庭が『晩年』を奪いに来たと悟りました。もちろん、渡したくありませんでした。

『安全なところに隠してあります。場所は言えません』

と、わたしは力を振り絞って答えました。本当は母屋の鍵のかかる棚に入れていただけで、とても安全とは言えませんでした……とにかく、大庭からあの本を遠ざけたい一心だったんです。

大庭は話を続けるつもりだったのでしょうが、そこへ車の近づいてくる音が聞こえてきました。大庭は急いでわたしに耳打ちしました。

『このことは誰にも言うな。もし誰かに話せば、店に火を点ける。強情を張らずに、わたしにあの本を売れ……いずれまた連絡する』

憶えているのはそこまでです。次に目を覚ました時は、もう病院のベッドでした。わたしは誰にも事情を打ち明けずに、『晩年』をこの病室の金庫に移しました。病院には二十四時間人がいますから、うちの母屋より安全だと思ったんです。この二ヶ月、向こうからの接触はありませんし、もちろんこちらも連絡はしていません……」

「ちょ、ちょっと待って下さい」

黙って聞いていた俺は、篠川さんの話を遮った。

「まさか、警察にもこのことを話してないんですか？」

「話してません」

当然と言いたげな答えに仰天した。

「なんでですか？　殺されかかったっていうのに……」

「大庭葉蔵がどこの誰か分かっていないからです」

と、彼女は答えた。

「警察が捜査を始めても、すぐに逮捕できるはずがありません。万が一、わたしが通報したことに気付いたら、本当にあの男はうちの店に火を点けるかもしれません……それだけの意志を感じました。店を失うことだけは絶対に避けたいんです」

「で、でも、そんな奴を野放しにしておいたら……」

「ええ。だから、もう一度店に現われたら警察に通報するつもりです。わたしはそのための方法を、この病室でずっと考えていました」

不意に彼女は顔を上げた。眼鏡の奥の目に強い意志がこもっている。本にまつわる謎を解こうとしている時の、大きく見開かれた黒い瞳。彼女は手を伸ばしてきて、俺の手をしっかり握りしめた。

「大庭葉蔵をおびき出すために、わたしに手を貸して下さいませんか？　なにが起こるか分かりませんけど、五浦さんの他に頼れる人がいないんです」

白い手の温もりに、しびれたように動けなくなった。他に頼れる人がいない、という言葉が耳の奥にまで響く。彼女みたいに内気な人が、ここまで誰かに心を開くことなんて、そうそうないんじゃないだろうか。しかも、その相手はこの俺なのだ。

「……分かりました。やります」

もちろん答えは決まっている——頷きながらぎゅっと手を握り返す。彼女の細い指はすっぽりと俺の拳に入ってしまった。

「ありがとうございます……あの、すみません……こんなことに、巻きこんでしまって……」

「別にいいです……ただ、一つだけ条件があるんですけど」

「……条件、ですか？」

彼女が怪訝そうに首をかしげる。

「太宰の『晩年』がどういう内容なのか、詳しく話してもらえませんか？　今まで読んだことないんで」

彼女の表情がぱっと明るくなった。本を見せた時と同じ——いや、ひょっとするとそれ以上の笑顔かもしれない。俺も釣られて笑みをこぼした。

「もちろんです……この件が片付いたら、必ず」

本の話をしたい人間とそれを聞きたい人間、俺たちは本を挟んで繋がっている間柄だ。でも、この病室で色々な話をするうちに、奇妙な関係のまま距離が縮まってきた気がする。少なくとも頼りになる相手として、俺は彼女に信用されている。もちろん、俺の方も彼女を信用していた。

「それで、どうやっておびき出すんですか？」

と、俺は尋ねた。大庭葉蔵も警察に捕まる危険を考慮に入れているはずだ。できるだけ俺たちと直接の接触を避けるに決まっている。

「大庭葉蔵はどんなことをしようとこの本を手に入れたがっています……あの、以前、うちの母屋に空き巣が入ったことはご存じですか？」

「え？　……ああ、そういえば」

ここで働き始めたばかりの頃、篠川さんの妹から聞かされた憶えがある。確かなにも盗まれなかったという話だったが。

「証拠があるわけではありませんけど、あれも大庭という人の仕業だと思います……取り引きをするのではなく、盗み出そうとしたのでしょう。その時にはもう『晩年』はここに移していましたが」

　十分にありうる話だと俺は思った。大庭葉蔵は手段を選ばない。家に忍びこむぐらいのことはやるだろう。

「今、彼が一番知りたいのは『晩年』がどこにあるかだと思います……だから、あちらからやって来るように餌を撒きます」

「餌って？」

　篠川さんは傍らの本の山の上から、別の袱紗の包みを引き寄せて開いた。中から現われたのはパラフィン紙に包まれた一冊の本――俺は目を丸くした。それは黄色い帯がついた『晩年』だった。俺の膝に載っている本にそっくりだ。

「もう一冊あったんですか？」

　ページもアンカットのままだ。とてつもなく珍しい本じゃなかったのか？

「いいえ、違います」

　と、彼女は首を横に振った。

「これは一九七〇年代にほるぷ社から出た復刻版……つまりレプリカです。中を見なければ、本物かどうか判断するのは難しいと思います」

　俺は復刻版の『晩年』を凝視した。本としての体裁は同じに見える。いや、復刻版の方が若干紙がしっかりしているし、表紙も汚れが少ない――どことなく年月を経た重みに欠ける気がする。

「……本物じゃなくても、欲しがる人っているんですか？」

「初版と同じ形で読んでみたい、というファンは結構いますよ。この復刻版はよくできていますし、何度も重版されています……原本を持っているわたしも、何冊か買ってしまったぐらいです」

そういうものなのか。首をかしげている俺に、彼女は話を続けた。

「これに三百五十万の値を付けて、うちの店のガラスケースに飾って下さい。わたしは『晩年』の初版の極美本が入荷したという情報をうちのホームページに掲載します……自分の狙(ねら)っている本が売りに出されたことを知れば、大庭葉蔵もうちへ買いに来ざるを得ません。少なくとも状況を確認するために店を訪れるでしょう。そうしたら、五浦さんは警察に通報して下さい」

俺にも話が呑みこめてきた。この復刻版を、文字通り大庭を釣るための疑似餌(ぎじえ)として使うのだ。本物を使えば確実だろうが、本が奪われるおそれがある。作戦としては悪くないと思う——ただ、そう簡単にうまくいくんだろうか？

「でも俺、大庭の顔を知らないですよ」

「背の高い見慣れない客がこの本を欲しいと言ってきたら、それが大庭だと思います。

三百五十万の本を買おうとする人は、なかなかいませんから」

「万が一、常連客が買いたいって言ってきたら、どうすればいいですか？」

「その場合は売約済みだと説明して下さい。ただの復刻版をそんな値段でお売りするわけにはいきませんから」

「大庭が電話で問い合わせてきたら？」

「なにも分からないふりを装って、『店長の指示で本を店頭に出した。通販は受けつけていない』とだけ言って下さい。そうすれば、彼は店に来るしかありません」

俺は言葉を切って腕組みした。別にケチをつけたいわけではないが、この罠には危険が伴う。できるだけ不安を解消しておきたかった。

「あの、篠川さんが退院するまで待った方がよくないですか？」

「……どうしてですか？」

「だってなにするか分からない奴じゃないですか。店に来てくれればいいですけど、万が一この病院へ来て、篠川さんに危害を加えようとするかも」

虚を突かれたように、彼女の表情が動かなくなった。

「篠川さんは逃げることもできないでしょう。せめて元通り歩けるようになるまで、待った方がいいんじゃ……ないですか……？」

俺の声が小さくなっていった。膝の上で握りしめた篠川さんの両手が小刻みに震えている。俺、なんか変なこと言ったか？

「これ以上、待つ意味がありません……待ったところで、状況はあまり変わりませんから」

彼女はかすれた声で言った。

「え？」

「わたしの怪我は骨折だけではありません……腰椎の神経も傷ついてしまったんです。退院後も後遺症が残ると医師から言われています。元通り歩けるようになるには長くかかります。ひょっとすると……一生不自由なままかもしれません……」

病室の空気が音を立てて凍りついた。

外では夕立が降り続けていた。

ガラスケースの中には「三百五十万円・極美本・署名入」というプレートを添えた太宰治の『晩年』が飾られている――正確には『晩年』の復刻版だが。

俺はケースの前に立って、篠川さんの話を反芻していた。大庭葉蔵のことと同じぐらい、彼女の足のことに衝撃を受けていた。

（ひょっとすると、一生不自由なままかもしれません）

警察を介入させずに、大庭を見つけようとしているのは、自分の手で決着を付けたいからかもしれない。

篠川さんの妹は母屋に戻っていて、店にいるのは俺一人だった。彼女は大庭葉蔵についてなにも知らないが、姉がどれほどの重傷を負ったかはもちろん知っている。

そういえば、初めてこの店に来た時、姉の怪我については言葉を濁していた。他のことは訊かれなくてもよく喋ったのに。彼女なりの配慮だったのかもしれない。

大庭のことを妹に知らせるかどうか、一番悩んだのはそのことだと篠川さんは言っていた。

「でも、妹は隠し事のできない性格です……誰かにすぐ喋ってしまうでしょうし、なにより大庭が現われた時に、落ち着いて応対できないと思います」

口が堅く、落ち着いて応対できそうなのが俺というわけだ。身が引き締まる思いだった。もうこの店のホームページには『晩年』の情報はアップされている。いつ大庭が店にやって来てもおかしくない状態だった。

不意にがらりと引き戸が開いて、俺は反射的に身構えた。

「なんだよ、怖い顔して」

肩から力が抜けた。現われたのは小菅奈緒だった。以前、せどり屋の志田から小山清の『落穂拾ひ・聖アンデルセン』を盗んだ少女。志田に本を返して謝罪した後、読書が好きになったらしい。たまにこの店に顔を出すようになった。

今日は半袖のブラウスと制服のスカートを身に着けている。制服姿を見るのは初めてだ。彼女も篠川さんの妹と同じく、俺が卒業した高校に通っている。

「これから文化祭の準備で友達の家に行くんだけど、急に雨降ってきちゃってさ……ちょっと雨宿りさせてくれよ」

男言葉で喋りながら、店に入ってくる。短い髪の先からぽたぽたと水滴が落ちていることに気付いて、俺は慌ててカウンターの内側に戻った。売り物の本を濡らされると困る。自宅から持ってきた汗拭き用のタオルを出し、ガラスケースの前に立っている少女に向かって投げた。

「これ、使ってくれ」

「悪いね。ありがとう」

小菅奈緒は屈託のない笑顔でそれを受け取り、髪を拭きながらガラスケースの中を覗きこむ。

「おっ、これが噂(うわさ)の三百五十万の本か！」

「どこかで噂になってるのか？」

俺は驚いて言った。

「いや、あたしの中で噂になってるだけ。昨日の夜、ここのサイト見たんだ……これって中身はこの本じゃなくても読めるんだろ？　こんな高い本、欲しがる奴いるのか？」

「……欲しがってる人間ならいるよ」

少なくとも一人はいる。どこに住んでいるかも分からない、正体不明のストーカーだが。

「ふーーん」

その一言で彼女は興味を失ったらしい。ガラスケースに背を向けて振り返る。

「あ、そうだ。志田先生って最近ここに来た？」

「今週は見てないな」

「そのうち来ると思うよ。なんか本の買い取りで相談があるみたいだからさ」

本を盗んだ一件以来、小菅奈緒と志田の間では奇妙な交流が続いている。二人は本を貸し借りし、たまに河原で感想を語り合っているという。本に関する志田の知識に感服した小菅奈緒は、彼を「先生」と呼ぶようになった。志田の方も突然現われた生徒に、照れながらも喜んでいるらしい。

「文化祭っていつだっけ？」

と、俺は尋ねる。そういえば夏休みが明けてすぐに準備だ。

「再来週の金曜から日曜。よかったら見に来れば……」

不意になにかを思い出したらしい。物憂げな目つきで店の外に視線を移した。

「……西野って奴のこと、憶えてる？」

俺は顔をしかめた。もちろん忘れるわけがない。

「ああ。あいつがどうかしたのか？」

小菅奈緒と親しくするふりをして、心底彼女を嫌っていたクラスメイト。彼女が志田の本を盗んだのは、西野にプレゼントを渡すためだった。一度だけ俺も話したが、あまりいい印象を持っていない。

「夏休み明けたら、あいつがひどいこと言ってあたしを振ったって学校中に広まっててさ。あいつがあたしの携帯の番号とメルアドをバラしたことまで、みんなに知れ渡ってるんだ……先月のこと、うちの学校の人に話したりした？」

「まさか。誰にも言ってないぞ」

そもそも、知っている人間自体が数少ない。当事者二人を除けば、俺と篠川さんと志田だけだ。俺たちの話を聞いていた人間もいないはず——。

「……あ」

　俺は母屋に通じているドアを振り返った。そういえば、この店に来た志田と小菅奈緒のことを話している時、篠川さんの妹がすぐ近くにいた。文庫本を盗んだ話はしていなかったと思うが、西野の名前は出た気がする。妹は隠し事のできない性格です、という言葉を思い出す。頭を抱えたくなった。

「悪い……話したつもりはなかったけど、聞かれてたかもしれない」

「あ、それはいいんだ。気にしなくても。別に隠してないしさ」

　彼女は大きく首を横に振った。

「西野って結構モテてたんだけど、他の子にも陰でひどいこと言ったりやったりしてたみたいでさ。あたしの話と一緒にそういうのも一気に広まっちゃって、学年中の女の子から無視されてるんだ……そうすると男も近づきにくいじゃない。あいつ今ほとんど一人ぼっちなんだよね。軽音部で組んでたバンドからも、抜けることになったみたいだし……」

　学校内でいいポジションにいた奴が、一つのきっかけで転落するのは俺も見た記憶がある。特に団結した女子を敵に回すと恐ろしい。この場合は、当人の招いた結果だと思うが。

「落ちこんでる西野と廊下とかですれ違ってもさ、なんかあんまりざまあみろって感じじゃないんだよな……あたしのことがきっかけで逆に悪いみたいな。なんだろうね、この感じ」

「……向こうがなにも言ってこないんだったら、気にしなくていいんじゃないか」

「うん……まあ、そうだけど」

その「感じ」がどういうものなのか、なんとなく分かる。あの西野という少年が、彼女にとって本当にどうでもよくなったということだ。志田に謝りに行った時に、口にした強がりではなく。

「……ん？」

外を眺めていた小菅奈緒が、ふと目を細める。釣られて彼女の視線の先を追ったが、引き戸の向こうは相変わらずの土砂降りだった。

「どうかしたのか？」

「今、誰かが道路からこっち見てたんだけど、走っていっちゃった」

俺はすぐにカウンターを出ると、狭い通路を走ってガラス戸を開けた。大粒の雨が降り続けている道路には、見渡す限り人の姿はなかった。もう角を曲がってしまったのだろう。

「どんな奴だった？」

背後にいる小菅奈緒に尋ねる。

「さあ……レインコート着て、フードかぶってたからな……顔はよく見えなかったけど、多分男だと思う。そいつがどうかしたのか？」

「……いや」

俺は静かに引き戸を閉める。普通の客なら走って逃げる必要はないはずだ。

大庭葉蔵が現われたのかもしれない。

「その後も待ってたんですけど、結局そいつは店に来ませんでした」

次の日のビブリア古書堂。今日はよく晴れているが、午後になってもあまり客は来ない。相変わらず店内にいるのは俺一人だった。俺はカウンターの中にある電話で話をしていた。昨日と同じく、『晩年』の復刻版はガラスケースに飾られている。

『あの……大丈夫、でしたか？』

受話器の向こうから篠川さんのささやき声が聞こえる。わざわざ車椅子で廊下に出て、この店に電話をかけてくれたのだ。

「なにがですか？」

『……本を、持ち帰って下さったんですよね……店が終わった後』

そのことか、と俺は納得した。昨日の夜、閉店した後に『晩年』を大船の自宅に持ち帰り、祖母が売り上げを入れていた金庫に保管していた。ビブリア古書堂の閉店中に大庭葉蔵が忍びこんできたら、復刻版でおびき出す計画が水の泡になってしまう。

「大丈夫でしたよ。本当になにもありませんでした」

行き帰りに襲われるかもしれないと緊張していたが、怪しい男の姿などまったく見かけなかった。

『ごめんなさい……こんなことに、巻きこんでしまって……』

「気にしないで下さい。俺がやるって言ったんだし」

『あの……あまり無理しないで下さいね……万が一、五浦さんになにかあったら、わたし……』

受話器を握る手につい力がこもる。「わたし……」の続きはなんだ？　聞き耳を立てていると、引き戸の開く音が店内に響き渡った。

『あっ、お客様がいらしたみたいですね……切ります』

止める間もなく電話が切れる。名残（なごり）惜しかったが、こだわっている暇はなかった。

大庭葉蔵が現われたのかもしれない。受話器を握ったまま振り返った。

「こんにちは！　五浦さん！　あら、電話中？　だったらいいわよ気にしないで。続けて続けて。あたしたち大した用事じゃないし！」

甲高い声が脳天に刺さる。現われたのは派手なワンピースを着た小柄な女性と、サングラスをかけた初老の男性だった。二人は腕を組んで店に入ってきた。

「久しぶりだな。その節は世話になった」

と、男性――坂口昌志が言う。坂口昌志としのぶ夫妻だった。以前、ヴィノグラードフ　クジミンの『論理学入門』を夫の方が売ろうとし、妻の方が取り戻しに来たことがあった。年齢も性格もまるで違うが、仲睦まじい夫婦だった。

「いらっしゃいませ。どうしたんですか？」

と、俺は尋ねる。坂口昌志は以前と違ってネクタイを締めていない。ジャケットと折り目のついたパンツを身に着けているが、よく見るとビジネススーツではないようだった。

「先日、わたしは会社を退職した。それで……」

「申請してたパスポートを今日取ってきたの！　あたしたち新婚旅行にも行ってないから……」

「……一ヶ月ほどヨーロッパへ旅行に行ってくるつもりだ」

「出発する前に、挨拶しようと思って！　ここへ来る前に、店長さんのいる病院にも行ってきたのよ！」

「そ、そうですか……それは、どうも……」

全然違う声と口調で代わる代わる説明されると、頭が混乱してくる。ふと、坂口しのぶの方が真顔になって言った。

「今のうちに、二人で一緒に色々なものを見ようってことになったの……まさくんの目がもっと悪くなっちゃう前に。お医者さんの話だと……」

「しのぶ」

と、坂口がよく通る声で遮った。

「『まさくん』は控えて貰いたい。旅行先でも」

「あ、ごめんね」

うふふ、としのぶが笑って口を隠した。注意している坂口もまんざらでもなさそうだ。見ているこっちの方が気恥ずかしくなってきた。さっきから腕を組むのもやめようとしない。

「君と篠川さんには本当に礼を言う」

サングラスの奥から、坂口が俺の顔を見ている。以前、会った時よりも、レンズの色が濃い。

「君たちに会わなければ、わたしは秘密を打ち明けることができなかっただろう」

「いや、そんなことは……」

ストレートに感謝されると照れる。それに、君たちと言っているが、感謝されるべきなのは俺ではなく篠川さん一人だ。彼女は『論理学入門』一冊と又聞き（またぎ）したわずかな会話から、坂口の抱えていた過去と現在の秘密——服役していたこと、目を患っていること——を見事に解き明かした。俺は隣で驚いていただけだ。

「では、そろそろ失礼する」

ひとしきりお喋りをしてから、坂口夫妻はガラス戸の方へ歩き出した。心持ち妻の方が先に歩いていることに気付いて、俺ははっとした。彼らはただ仲がいいから腕を組んでいるのではない。以前よりも目が悪くなっている坂口昌志の腕を、坂口しのぶが引いているのだ。

「……また、是非来て下さい」

と、俺は背中に声をかけた。二人は会釈を返して、ガラス戸の外へ出ていく。俺が仕事に戻ろうとした時、

「ねえ、あなたそんなところでなにしてるの？　うずくまったりして大丈夫なの？」

坂口しのぶの声が響いた。ガラス戸の向こうで、立ち止まって誰かに話しかけている。もう一人誰かが店の外にいるのだ。

俺も急いで店の外に飛び出した——すると、レインコートを着た男が背を向けて全力で走り去っていくところだった。足取りを見るとかなり年が若い。フードをかぶっていなかったので、髪形だけは見えた。短めで特に染めたりはしていない。全体的にこれといった特徴はなかった。

「おい！　待て！」

声をかけたが、相手は立ち止まらなかった。すぐに角を曲がって姿が見えなくなってしまう。店を開けている以上、追いかけるわけにもいかない。俺は坂口夫妻に向き直った。

「今の男の顔、見ましたか？」

二人は一瞬顔を見合わせた。

「……いや、そこの看板のそばにうずくまって、わたしたちにも背を向けていた」

坂口昌志は回転式の看板を指差した。

こんなところでなにをしていたんだろう。看板を半回転させると、べっとりと液体がかかっていた。妙な臭いがする。揮発性の薬品のような——。

(ガソリンだ)

俺の顔から血の気が引いていった。看板にガソリンがかけられているのだ。よくよく調べると、スチールの台のあたりに、小さなものが落ちている。逃げていった男が持っていたものに違いない。

それは使い捨てのライターだった。

「……大庭葉蔵のこと、警察に話した方がいいと思います。今までのことも全部」

俺は受話器に向かって言った。相手はさっきと同じく篠川さんだ。病院にメールを送り、彼女の方から電話をかけてもらったのだ。

「店に火を点けられてからじゃ遅いですよ」

坂口夫妻が去ってから一時間ほど経っていた。もしあの二人がいなかったらと思うと背筋が寒くなる。今頃、この店は灰になっていたかもしれない。

『ええ……そうした方が、いいですね……こんなことが起こった以上は……』

篠川さんは噛みしめるようにゆっくり言った。

『ただ……一つ気になることがあります』

「なんですか？」

『本当に、大庭葉蔵の仕業なんでしょうか』

「え？」

俺は電話口で声を上げた。

「どういうことですか？」

『大庭は例の本が店の中に飾られていると思いこんでいるはずです。どうしてあれほど欲しがっている本を、危険に晒(さら)すような真似をするんでしょうか？』

一瞬、俺は答えに詰まる。

「……騒ぎを起こして、その間に盗むつもりだったとか」

『騒ぎを起こすだけなら、目当ての本を危険に晒さなくてもいい方法が、いくらでもあります……例えば、店の外で大きな物音を立てる、といったような』

「でも、他にこんなことをする奴なんていないんじゃないですか？」

俺には篠川さんがこだわっている理由が分からなかった。彼女が言っているのは枝(し)葉末節(ようまっせつ)のことにしか思えない。

『そうですね……お手数ですが、警察への連絡をお願いできますか？』

「はい、分かり……」

答えようとした途端、強烈な異臭をかいだ。なにかが焦げるような。顔を上げると、ガラス戸の向こうが黒煙でぼやけている。

「しまった!」

受話器を放り投げて、俺は用意しておいた消火器を摑んだ。通路を一息に駆け抜けて、引き戸を開け放つ。「ビブリア古書堂」の立看板がオレンジ色の炎に包まれていた。立ちすくんだのはほんの一瞬だったはずだ。俺は腹にぐっと力を入れる。燃えているのは看板だけで、建物に炎は広がっていない。この程度ならすぐに消し止められる。

消火器の安全ピンを抜き、火元にホースを向けてレバーを握りしめる。白い粉が音を立ててホースの先端から噴き出した。一面に漂っていた黒煙を覆い隠した。

消火器が古いせいなのか、炎はなかなか消えなかった。鎮火する前に粉の勢いが衰え始め、炎に押し返されそうになる——もうダメだ、と思った瞬間、やっとのことで炎が消えて煙だけが残った。

胸を撫で下ろし、周囲を見回す。霧が立ちこめているみたいに視界がはっきりしない。しかし、十歩ほど離れた電信柱の陰に、レインコートを着た男が立っていることに気付いた。おそらく、さっき見かけたあいつだ。

「……大庭か？」

声をかけた途端、男は電信柱を突き飛ばすように駆け出した。間違いない、あいつが犯人だ。篠川さんに重傷を負わせ、店に火まで点けようとした男。この機会を逃すわけにいかない。俺も消火器を捨てて全力で後を追った。

すぐに追いつくはずだと思った。俺は脚力もそれなりに自信がある——が、向こうの方が上手だった。少しずつだが、引き離されていく。すぐそこにいるというのに、捕まえられないかもしれない。

「くそ……」

歯ぎしりをした時、脇道から二台の自転車がぬっと現われた。一台はカゴの大きなぼろぼろのシティサイクルで、もう一台はいかにも速そうなクロスバイクだ。乗っているのは坊主頭とモデルっぽい美形の妙な二人組——せどり屋の志田と笠井だ。逃げている男は志田の自転車に激突しそうになる。

「うわっ。危ねえな！」

志田が大声を上げ、男は二人をよけようと一瞬立ち止まった。わずかの隙に追いついた俺は、レインコートの襟元をしっかり摑んだ。

「放せ！」

向き直った男が指を引きはがそうとしたが、これでも一応柔道の段持ちだ。その腕を摑んでそのまま腰を払い、アスファルトに背中を叩きつける。間髪入れずに袈裟固めで肩から上の動きを完全に封じた。

「大人しくしろ！　大庭！」

両腕に力をこめたまま俺は叫び、至近距離から相手の顔を見下ろした。想像していたよりもずっと若い。まだ十代と言っていい、あどけなさが残る顔立ちだった。対面するのは初めてだが——いや、よく見るとどこかで会ったような。

「大庭って誰だよ！　ってか重えんだよボケ！」

苦しげに少年は言う。思わず目を瞠った。髪の色が黒に戻っているので気付くのが遅れた。俺が今押さえこんでいるのは、小菅奈緒のクラスメイト——あの西野という少年だった。

その後、事件はスムーズに処理された。

駆けつけた警官に西野は連行されていき、現場検証が店の前で行われた。看板に大きな焦げ跡がついたことと、消火器の粉末で道路が汚れたこと以外はこれといって被害はなかった。

一体なぜこんな真似をしたのか、西野に尋ねるまでもなかった。警官がやって来るまでの間、本人が俺たちに向かってべらべら喋ったからだ。俺への罵倒と悪態を省略すると、ほとんど一言でまとめることができた。

「……結局、ただの逆恨みってことかな」

警察官たちが引き揚げた後、笠井が呆れ顔で言った。俺と志田と笠井の三人は、ビブリア古書堂のカウンターを囲んでいた。ちょうど二人は買い取りの商談のために、うちへ来る途中だった。警察が引き揚げるまで待っていてくれた――だけではなく、俺が事情聴取を受けている間、店番までやってくれていた。

「みたいですね」

俺もため息をついた。

西野の話はこうだ――学校で他の生徒たちから無視されるようになったのは、誰かが自分のプライバシーを調べ上げ、陰で言いふらしたからだ。怪しいのはもちろん小菅奈緒だが、他にも「犯人」がいるに違いない。

彼女を尾行するうちにこの店にたどり着いた――なんのことはない。昨日小菅奈緒が見たという怪しい人影も、店の中を窺っていた西野だったというわけだ。

西野は彼女と親しげに話しこむ俺が、夏休みに声をかけてきた男だと気付き、すべてを「悟った」。自分が小菅奈緒の個人情報を洩らしたことを知っている人間は、自分を除けばあの男しかいない。あの男がすべての元凶だ、ということになったらしい。店を全焼させるつもりはなかったが、俺を痛い目に遭わせたかったのだという。

「最初に見た時、気が付かなかったのかよ。前に会ってたんだろ」

志田は俺に言った。

「前に話した時は金髪だったんですよ」

髪の色を抜いていたのは、夏休みの間だけだったらしい。校則でブリーチは禁止されているので、九月に入る直前に黒く染め直したのだという。

「とにかく、この店で捕まって良かったぜ。あのまんま野放しにしてたら、もっとんでもねえことになってたところだ」

志田は吐き捨てるように言った。さっきから機嫌が悪いのは、西野がこの店に火を点けた後の予定も喋ったからだ。小菅奈緒の家にも同じことをするつもりだったらしい。俺のように火を消すことができたとは限らない。

「とにかく、一件落着じゃないですか。捕まったんですから」

笠井が笑顔で取りなし、志田も頷いた。

「……まあ、そうだな」

俺も愛想笑いを浮かべたが、この店にとって万事解決したとは言えない。大庭葉蔵の一件は振り出しに戻ってしまった。この二日、大庭葉蔵の動きはまったくないことになる。店に来るのは志田たちのような顔見知りばかりだ。

篠川さんにはメールで西野の放火について伝えてある。状況が変わったので警察には大庭のことを伏せておいたが、後で病院に行って篠川さんと今後のことを相談するつもりだった。

「ほう、『晩年』の初版じゃねえか。こんなもん仕入れたのか？」

ガラスケースの前で志田が感嘆の声を上げる。

「いえ……もともと、この店にあったもので……」

俺は言葉を濁す。本に詳しくない笠井はともかく、志田のような目利きにはあまり見て欲しくなかった。

「男爵も見てみろよ。初版のアンカットなんてなかなかお目にかかれねえぞ」

「へえ、そんなに珍しいんですか？」

笠井もガラスケースの方へ近づいていく。

「なに冗談言ってんだ。当たり前じゃねえか……っておい、こりゃ復刻版じゃねえのか？」

鋭い声が店に響く。バレたか、とひそかに舌打ちした。志田を誤魔化すことはできそうにない。

「あー、やっぱり、分かりますか？」

「当たり前だろ！　紙が新しすぎだ！　なんでこんなもん売りに出してんだ？　まさか、復刻版をこの値で売る気じゃねえだろうな」

「まさか……その……安全のために本物は展示してないんですよ。で、代わりにこれを並べてるだけで……」

しどろもどろになって言い訳する。志田は明らかに納得の行かない表情を浮かべていた。

「おっかしなことしてんな、この店は……見る奴が見たら一発でバレるに決まってんじゃねえか。せめて表紙を汚すぐらいしねえと」

「ぼくには本物っぽく見えるけどなあ」

笠井はガラスケースの前で腰に手を当て、首をかしげている。

「本物はどこに保管してるの？」

「病院にいる篠川さんが持ってるんです」

「病室に置いてあるのかよ。また不用心な話だな」

ますます志田が顔をしかめる。

「病室にちゃんと金庫があるんですよ」

「……あのな」

志田はカウンターににじり寄ってくる。俺はつい視線を逸らしてしまった。

「復刻版なんてわざわざ並べとく古本屋なんか普通ねえぞ。あの姉ちゃんがわざと客を騙すような真似をするとも思えねえ……なんか事情があるんじゃねえのか？」

「い、いや、別に……」

俺の返事を無視して、志田は続ける。

「できることがあったら、力になるぜ。お前たちには世話になってるしな」

「ぼくも手伝うよ。本のことはよく分からないけど」

と、笠井も陽気に声をかけてくる。

俺はしばし考えこんだ。この二人に全部打ち明けて、協力を頼んだ方がよくはないか。いや、でも篠川さんに相談する方が先か？　彼女は俺以外の第三者を巻きこみたがっていない。これはあくまでも彼女の事件なのだ。

「……ちょっと、考えさせて下さい」

と、二人に向かって言う。その途端、かすかに携帯の振動音が聞こえた。

「あ、失礼。客からららしい」

鳴ったのは笠井の携帯だった。彼は引き戸をくぐるように店の外に出ていき、携帯で話し始める。ゲーム機の買い取り価格について、歯切れのいい説明が聞こえてきた。どうやらゲーム機を売りたい客がいるらしかった。

俺と志田はなんとなく笠井の背中を眺めていた。彼は俺と似たような身長だ。引き戸の鴨居よりも高い。俺の立っている場所からは耳から下しか見えなかった。

「……男爵の奴、今日はちょっと変だな」

と、不意に志田が言った。

「そうですか？」

「だってよ、『晩年』の初版なんて知らねえ、みたいなフリしてただろ。そんなはずねえじゃねえか」

「本に詳しくないんだから、当たり前じゃないですか？　前にもそう言ってましたよ」

だから扱っている商品もゲームとＣＤだ、と前にも言っていた。

「そりゃお前、謙遜だよ謙遜。名前で分かるじゃねえか。男爵様だぜ？」

いや、さっぱり分からない。男爵というのは、志田が笠井の外見から付けたあだ名じゃないのか？　俺が戸惑っていると、志田は呆れたようにため息をついた。

「この業界で本が好きな人間なら、せどり屋で笠井って聞けば気が付きそうなもんだけどな……まあ、お前じゃ分からなくてもしょうがねえか」

「なんの話ですか？」

「笠井なんて本名のわけねえだろ。シャレで名乗ってるに決まってるじゃねえか」

ふと、ぞくりと背筋に寒気が走った。

「あいつの名刺ぐらい見たことあるだろ。笠井菊哉。ありゃ梶山季之の『せどり男爵数奇譚』の主人公の名前だ。題名の通り、せどり屋を主人公にした小説だよ。だから俺は男爵って呼んでんだ」

まさかそんな由来だとは想像もしていなかった。いや、それよりもっと気になることがある。小説の主人公の名前を名乗る——つい最近、そんな人間の話を聞いたばかりだ。

大庭葉蔵——『晩年』に収録された短編の主人公の名前。

俺は慌ててその考えを振り払った。いや、まさか。そんなバカな。

「笠井さんとは、長い付き合いなんですよね？」

「いや、そうでもねえぞ」

志田はあっさり首を横に振った。

「夏にここへ来た時、最近知り合ったって話したじゃねえか。まだ二ヶ月経ってねえと思うぜ」

二ヶ月前というと、ちょうど篠川さんが怪我をした頃だ。突然、笠井の背中が知らない人間のものに思えてきた。人のことは言えないが、笠井は人並み以上に背が高い。大庭葉蔵も、かなりの長身だったと篠川さんは言っていた。

「……このへんに住んでる人なんですよね？」

笠井から目を離さずに俺は尋ねた。

「そうだな……ただ、ちょっと複雑みたいだぜ。もともと長谷にあった金持ちの生まれで、先祖の墓もそっちにあるそうだ。でも、借金がかさんじまって、あいつの親の代で家屋敷を処分して鎌倉を出たんだってよ。その後はしばらく東京で暮らしてたんだが、仕事の都合でまた鎌倉に住むようになったんだと」

長谷、という地名に耳が反応した。長谷には篠川さんの『晩年』が展示された文学館がある。先祖代々の墓があれば、お参りに来ることもあるだろう。ついでに近くの観光名所を散策しても不思議はない。

篠川さんから大庭葉蔵の話を聞いた時から、俺は不思議に思っていた。この二ヶ月、大庭が篠川さんとなぜ連絡も取らないのかということだ――『晩年』を渡せと篠川さんに言ったそうだが、なにもしないで手に入るはずがない。一体、どこでなにをしているんだろう。

ひょっとすると、必要なことをしていたのかもしれない。篠川さんを知る志田とまず仲良くなり、この店の動向を探る。次に店員の俺と顔見知りになる。すべてが『晩年』のありかを訊き出し、手に入れるためのステップだったとしたら。

もちろん、これはただの想像だ。なに一つとして証拠はない。問いつめられるだけの話術も俺は持っていない。

俺にできるのは、試してみることだけだ。

カウンターを出て、慎重に笠井に近づいていった。彼は相手に礼を言い、ちょうど通話を終えるところだった。携帯をポケットにしまおうとしている笠井に、俺は平静を装って声をかけた。通話を終えた瞬間、人間は多少なりとも緊張を解く。

「あ、大庭さん、ちょっと」

俺は声をかける。笠井は首をかしげながら振り返った。残念ながら、はいと返事をするほど不注意な相手ではなかった。自然な笑顔で自分を指差す。

「ぼく、笠井だけど」

明るい声で言う。俺の全身がこわばった。やっぱりこいつだ。疑惑が確信に変わっていた。俺はゆっくり首を横に振る。

「いや、笠井じゃない。大庭葉蔵だ。それも本名じゃないけどな」

「なにを言ってるのか、よく分からないな。一体どうしたの？」

自分が試されたことに気付いているはずだが、あくまで大庭ではないと言い張るつもりらしい――しかし、そんな誤魔化しはもう通じない。

「なんで自分が呼ばれたと思ったんですか？」

俺は道路を指差した。買い物に行くところらしい主婦が、店の前を通りすぎていくところだった。知らない名前で呼びかけられた場合、普通は近くにいる他の者が呼ばれたと思うはずだ。身に覚えがなければ、すぐに反応できるはずがない。

沈黙が流れる。男の目がすっと細められた。

「……案外、君も名探偵じゃないか。あの女だけじゃなく」

からかうように笠井菊哉――大庭葉蔵が言った。俺は無言で相手を睨む。この男が彼女に重傷を負わせたのだ。なにをするか分からない人間だ、と自分に言い聞かせる。いつでも取り押さえられるように身構えた途端、

「仕方がないな」

大庭はつぶやいて駆け出した。店のそばに停めてあった自転車に飛び乗ると、凄(すさ)ま

じい速さで走り出した。みるみるうちに大きな背中が夕闇（ゆうやみ）に溶けていく。鮮やかな逃走に一瞬呆気にとられたが、すぐに全身がぞっと総毛立った。

「ちょっと店番お願いします！」

目を丸くしている志田に叫んで、携帯を出しながら店の前に停めていたスクーターに駆け寄った。正体が露見した以上、大庭のやることは決まっている。どんな手を使ってでも『晩年』を手に入れようとするはずだ。

さっき俺は訊かれるままに答えてしまった。

本物の『晩年』の初版本は、病院にいる篠川さんが持っている、と。

大庭が向かうのは病院だ。危険が迫っていることを、一刻も早く彼女に知らせなければ。携帯のキーを押す指が小刻みに震える。メールを送ってから、すぐに病院へ向かうつもりだった。

スクーターで病院へ急いでいる最中、ポケットの中で携帯が震えた。なるべくスピードを落とさずに携帯を出し、画面をちらっと見下ろす。篠川さんからメールの返信が届いていた。ほんの短いメールだった。

『屋上へ逃げます。隙を作ります。お願いします』

携帯をしまってから、メールの内容について考えた。病室にいるのは危険だから、屋上へ逃げるという意味だろう。それは分かるが「隙を作ります」というのはなんのことだろう?

俺は最短距離を辿り、五分ほどで大船総合病院に到着した。正面玄関の近くでスクーターを停めた時、花壇に見覚えのある自転車が横倒しになっていることに気付く。一瞬、俺の足が止まった。それは大庭の自転車だった。かなり飛ばしたつもりだったが、先回りはできなかったらしい。あの男はもうこの病院の中にいる。

自動ドアに向かって駆け出そうとした俺の目の前に、布のようなものがふわりと降ってきた。紫色の風呂敷だった。払いのけようとして、見覚えがあることに気付いた。これは篠川さんの持っていたものだ。太宰の『晩年』を包んでいた袱紗。

俺は建物を見上げた。病棟の窓はどこも閉まっている。この袱紗は屋上から落ちてきたのだ。わざと落としたか偶然落ちたかは分からないが、とにかく彼女は屋上にいるらしい。大庭に見つかっていなければいいが。

祈るような気持ちで玄関を通り抜け、走ってエレベーターへ向かった。外来の受付が終わり、照明も落とされたロビーにほとんど人の姿はない。二基並んでいるエレベーターは、どちらも他の階に行ってしまっていた。

俺は舌打ちしながら階段を駆け上がっていった。自分の足音がやけに大きく響く。さっき店の前で取り逃がしたことがつくづく悔やまれる。もっと早く気付いていれば――いくつもの踊り場を通りすぎ、行き止まりにあるドアを蹴破(けやぶ)るように開け放った。

白いフェンスに囲まれたコンクリートのスペースが広がっている。日が暮れかけた時刻に、わざわざここへ来る者もいないらしい。薄暗い屋上に人影は二つしかなかった。

振り返った二人の顔を見て、俺の手足がこわばった。一人は車椅子に乗った篠川さんで、胸の前にしっかりと『晩年』を抱きかかえている。彼女と数歩の距離を置いて向かい合っているのは、長身で巻き毛の美青年――大庭葉蔵だった。もう見つかってしまったのだ。

「大庭!」

二人の間に割って入ろうとした俺は、一瞬棒立ちになった。ぎくりと足を止めた。大庭の手には大きな鋏が握られている。以前、持ち歩いていると言っていたものだ。長く鋭い刃先は篠川さんの顔に向けられている。彼女は青ざめた顔で俺に視線を送っている――動かないように、と言っているようだった。

「そうだね、彼は動かない方がいい」

大庭はよく通る声で言った。

「ぼくは本を傷つけないが、人間には容赦しないよ」

気障だが親切な「笠井」と変わらない口調に、頭が混乱してきた。喋っている姿を見ると、本当にこの男が篠川さんを突き落としたのか疑いたくなる。

「……本を盗ったって、ここから逃げられるわけないだろ」

刺激しないように静かに話しかける。

「ぼくはそう思わないな」

大庭は軽く鼻を鳴らして笑った。

「君たちはぼくの本名すら知らない。この土地から離れたら、警察だってぼくを追うことは難しいだろう。後はこの顔を変えて、他の土地でゆっくりやり直すよ。しばらく海外へ行ってもいい」

さらりと口にした計画の規模に驚いた。篠川さんを突き落とし、鎌倉に移り住み、偽名を使って店に近づいたことを考えれば、別に不思議はないのだろうが。

「……たかが本のために、そこまでするのかよ」

と、つい俺は言った。突然、大庭の顔に侮蔑の色が浮かんだ。生ゴミでも見るように冷ややかに俺を一瞥した。

「君みたいな人間には分からないんだな。すぐ目の前にこの本があっても」

大庭は鋏の先端を、篠川さんが抱えこんだ『晩年』に向けた。

「わずかな数しか作られなかった、人々の手を経た本が、こんなに完璧な形で残っているのは奇跡だ。それが理解できないことの方が驚きだよ。本の中だけではなく、この本が辿ってきた運命にも物語がある……ぼくはその物語ごと手に入れたいんだ」

俺はかすかな既視感を覚えた——大庭の言葉は篠川さんの言葉に似ている気がする。いや、そんな風に思えるだけだ。

「人から無理やり奪ってもいいってのか？」

「別にいいじゃないか。この本にだって書いてあるだろう。『自信モテ生キヨ　生キトシ生クルモノ　スベテ　コレ　罪ノ子ナレバ』……これはぼくのような人間を祝福する言葉だ。ぼくはね、本さえあれば他になにも要らないんだ。家族も、友人も、財産も、名前だって要らない。これがぼくの本心だ。どんな犠牲を払ってでも、たとえ何年かかってでも、ぼくはこの本が欲しいんだ！」

大庭は血走った目で叫ぶ。俺はぶるっと背筋を震わせた。この男を捕まえれば解決だと思いこんでいたが、そんなに生やさしい相手ではないと気付いたからだ。たとえ逮捕されて有罪になったとしても、刑務所を出たその足で『晩年』を奪いに来かねない。篠川さんは一生付け狙われるかもしれない。

「この女だってぼくと似たようなものだ。ぼくと同じ匂いがする……本に囲まれていさえすれば幸せなんだ」

「お前と一緒にするな。全然違うじゃねえか」

そう言いながら、俺の頭をよぎったのは、古い本の積み上がった病室の光景だった。まあ、彼女が本を好きなのは間違いない。でも、この男とは決定的に違う。他人を傷つけたり、騙したりするような真似はしない。そのことを俺はよく知っている。

「そろそろ話を終わらせようか。君からも彼女に言ってくれないか？　ぼくに本を渡すように」

ふと、俺は気付いた。大庭が篠川さんから『晩年』を取り上げようとしないのは、本が破れたり汚れたりするのを恐れているからだ。それを知っているからこそ、彼女もこの貴重な本をしっかり抱えこんでいるのだ。

「……ぼくも時間が有り余ってるわけではないんでね」

大庭はゆっくりと鋏の先を彼女の顔に近づけていく。慎重になっているとはいえ、篠川さんが渡さなければどんなことでもするだろう。そうなれば、身を守るどころか歩くこともできない彼女が危ない。

隙を見て飛びかかろうと心に決めた。俺には『晩年』よりも篠川さんを守ることの方が大事だ。少し距離はあるが、体のどこかを摑むことさえできれば、多少暴れられても取り押さえる自信はある。すり足でじりっと大庭に近づき、わずかに重心を落とした。

「わたしはあなたと違います、大庭葉蔵さん」

ずっと黙っていた篠川さんが、おもむろに口を開いたのはその時だった。俺はつい動きを止めてしまった。彼女は強い意志がこもった目で大庭を見返していた。鋏の刃先などまったく視界に入っていない様子だった。突然の変化に、大庭も呆気にとられていた。

「ずっと考えていました……わたしには、古い本よりも大事なことがあります。だから、もう終わりにすべきなんです」

彼女は自由になる左足だけで地面を蹴った。車椅子がなめらかに後退し、一メートルほど離れたフェンスにぶつかって停まった。ほんのわずかに大庭と彼女の距離が開く。大庭が再び距離を詰めようとした時、

「近づかないで」

篠川さんは盾のように『晩年』を持ち上げる。店に置いてある復刻版とは紙の質感が違う。こちらの方が古びて見える。暗闇に覆われ始めた屋上で、彼女が表紙の見返しを開いた。太宰直筆の言葉がぼんやり見える——『自信モテ生キヨ　生キトシ生クルモノ　スベテ　コレ　罪ノ子ナレバ』。

「多分、太宰は誰かを激励するためにこの本を贈ったんです。祖父の手に渡るまで、どういう経緯があったかは分かりません。でも、この本のおかげで、わたしは重傷を負いました。あなたも警察に逮捕されるでしょう……七十年の時を経て、この本は太宰が生きていた頃とはほど遠い、誰も幸せにしないものになってしまった」

彼女はパジャマの胸ポケットに手を入れて、なにかを取り出した。

「この本がすべての元凶なんです。だから」

凛(りん)と響いていた声がかすかに震えた。彼女の取り出したものが指と指の間から見える。俺はあっと声を上げそうになった。それは使い捨てのライターだった。

「すべて、終わりにします」

「や、やめろ！」

大庭が叫ぶのと同時に、ライターに火が点(とも)った。あっという間に表紙を覆うパラフイン紙に炎が広がった。彼女はためらいなくフェンスの向こうに『晩年』を投げ捨てた。

まるで自分の体に火を点けられたかのように、大庭が甲高い悲鳴を上げた。放物線を描いて落下する『晩年』を追って、フェンスを乗り越えようとする。俺は慌てて駆け寄ると、空中へ身を躍らせようとする大庭のベルトをぎりぎりで摑んだ。

「バカ！　なにやってんだ！」

この病院は六階建てだ。落ちたら命を落としかねない。それでも大庭は絶叫しながらもがいている。『晩年』は玄関に張り出したコンクリートの庇の上で、炎と煙を上げ続けている。もう本としての原形を留めていなかった。

わずかに大庭の力が緩んだ隙を捉えて、俺は裏投げの要領でコンクリートに叩きつけた。そのまま手首の関節を極めて体重をかける。俺とほとんど変わらない体格だったが、スムーズに押さえこむことができた。大庭に武道の心得はないようだった。

階段の方からざわめきと足音が聞こえてくる。きっとここでの騒ぎに気付いたのだろう。すぐに人がやって来るはずだ。大庭は俺の下でまだ動こうとしている。くぐもったうめき声は泣いているように聞こえた。

俺はほっと息をついて篠川さんを振り返った。彼女は力が抜けたように車椅子に座っていた――ふと、俺はさっき送られたメールの文面を思い出した。「隙を作ります」という文章は、きっとこのことを指していたのだろう。大庭が病院へ来ると分かった時から、『晩年』を燃やすつもりでいたのだ。

「……本当に、よかったんですか？」

俺はそう訊かずにいられなかった。本を愛してやまない彼女が、こんなことをするなんてまだ信じられなかった。篠川さんはしばし考えてから、きっぱり言った。

「ええ……こうしないと、いけなかったんです」

数百万円の本が黒い灰と化して、ふわふわと空に上っていく。彼女は穏やかな目でそれを見つめている。彼女の落ち着きぶりに俺は驚いていた。まるでなに一つ失っていないかのようだった。

大庭がもうこの人を脅かすことはないだろう。事件は決着したのだ。

「……あら？」

篠川さんは手を伸ばしてなにかを拾い上げる。男物の革のカードケースだった。俺のものではないから、きっと大庭が落としたものだろう。二つ折りのケースだったが、何枚かカードが飛び出しかけている。そのうちの一枚を引き抜くと、彼女の顔色が変わった。

「五浦さん、これ……」

かすれた声で言い、そのカードを見せた。薄暗い中で俺はできるだけ顔を近づける。それは運転免許証だった。写真は大庭のものだが、名前が違っていた。

『田中敏雄』

それが本名なのだろう。笠井菊哉でも大庭葉蔵でもなく。なんというか、地味だ。偽名を使いたがったのもそのせいかもしれない——。

「えっ?」

俺は愕然とした。一ヶ月ほど前にも、よく似た名前を目にしたことがある。自分が組み伏せている男を見下ろした。俺と同じように背が高い。そういえば、篠川さんは俺と大庭葉蔵の声が似ていると言っていた。

鎌倉の長谷の生まれだと志田には話していたらしい。先祖代々の墓もあると。もしそれが本当だとすれば、当然この男の祖父も鎌倉に住んでいたはずだ。

「……ひょっとして、お前のじいさん、田中嘉雄っていうんじゃないのか?」

と、小声で尋ねる。田中嘉雄。祖母の恋人だったかもしれない男——そして、俺と血が繋がっているかもしれない男。田中敏雄は唇を歪めて俺を見上げた。

「ぼくの祖父は田中嘉雄だ……それがどうかしたのか?」

「田中家は明治の頃から代々貿易会社を経営していてね。祖父が跡を継ぐ頃まではなかなか羽振りがよかったそうだよ。ぼくはその最後の生き残りだ……今はこの有様だけどさ」

田中敏雄は自嘲気味に笑った。だいぶ髭は伸びていたが、かえってワイルドで格好よく見える。二枚目は得だとつくづく思った。

「ぼくの名前は祖父が付けたんだ。ひどい名前だろう? 自分の名前を少しだけ変えたんだよ」

俺たちは透明な仕切り板を挟んで向かい合っている。田中が逮捕されて五日後、俺は留置場へ面会に来ていた。

刑事に聞いたところでは、取り調べは順調に進んでいるという。篠川さんを突き落としたことも、篠川家の母屋に侵入したことも素直に認めたそうだ。傷害や窃盗未遂、脅迫など複数の罪状があり、実刑は免れないとのことだった。

加えて田中敏雄の過去を調べると、問題ばかりだったらしい——以前、古書店に勤務していたことがあったが、店の商品を盗み出しては自分のコレクションに加えていた。店をクビになった後、ネットオークションで古書の取り引きをしていたが、そこでも詐欺まがいのトラブルを起こしていた。色々と余罪があるようだった。

「あんたのおじいさんは……その、亡くなったのか？」

少しためらってから尋ねた。ビブリア古書堂で働き始めたのは、田中嘉雄の消息が分かるかもしれないと思ったせいでもあった。

「……祖父の話ばかり聞きたがるね」

「いや、実は俺の祖父母と仲がよくて、うちにも遊びに来てたらしい……だから、名前をよく聞かされてたんだ」

「なんだ、そういうことか」

田中は俺の言葉を疑う様子も見せずに頷いた。

「祖父は十五年前に亡くなったよ。鎌倉の屋敷を売って、一家全員で東京に引っ越した少し後だ」

「……そうか」

これでもう、俺の祖母と田中嘉雄の関係を知っている人間はいないだろう。詳しいことが分からずじまいなのは残念だったが、祖母の秘密が表沙汰になる心配がなくなったことに安堵もしていた。

「どういう人だったんだ？　あんたのおじいさんは」

「とても背が高い人だったよ。写真で見ると、ぼくは祖父の若い頃とよく似ている。お人好しで、面倒見がよくて、交遊関係も広かったそうだ。映画俳優や監督とも付き合いがあって、よく食事をしたり酒を飲んだりしていたそうだ……ほら、大船に撮影所があっただろう」

俺は表情を隠したまま頷いた。祖母との繋がりも分かった気がする。

「でも、会社がうまくいかなくなって、金がなくなるとみんな離れていったらしい。ぼくが生まれた頃には、屋敷以外の財産はすっかりなくなっていたよ。少しでも財産を取り戻そうと両親は必死に働いていて、ぼくは祖父に育てられたんだ……ほとんど二人きりの生活だったよ。

祖父はずいぶん熱心に面倒を見てくれたけど、幼いぼくに昔の本の話ばかりしていた。若い頃は古書のコレクターだったからね。古書に関する基本的な知識を、ぼくは祖父から教わった……ただ、その頃にはもうわが家には古書なんか一冊も残ってなかった。ほとんど売り払っていたんだ。

ぼくもその頃から古書が大好きだったけど、話ばかりでまったく読むことができなかった。本を読みたくても読めない子供だったんだ……」

聞いていているうちに不思議な気分になってきた。俺の生い立ちと少し似ているところがある。漠然とした親近感を覚えずにはいられなかった。

「いいことを教えよう……今まで誰にも話していないことだよ」

田中は興が乗ったように身を乗り出し、透明の仕切り板に手をついた。面会室を監視している警官が眉をひそめたが、結局なにも言わなかった。

「あの『晩年』、おそらくもともとはぼくの祖父が持っていたものだ」

「えっ？」

俺は目を丸くした。その反応に気をよくしたのか、田中は話を続ける。

「祖父がよく嘆いていたよ……金に困って『晩年』のアンカットの署名本を売ったけど、安く買いたたかれたって。よほど口惜しかったんだろうな」

田中が『晩年』にあそこまで執着した理由が、なんとなく分かった気がした。あの本は祖父の形見のつもりだったのだろう。古い本には中身だけではなく、本そのものにも物語がある──篠川さんの言葉をしみじみと思い出した。

もう、その本は跡形もないのだが。

（……ん？）

胸のうちをかすかな違和感がよぎっていた。五日前、病院の屋上でも同じように感じたと思う。

「そういえば、あの女はどうしている？　相変わらず病院でのうのうと本でも読んでいるのか？」

突然、吐き捨てるように田中は言った。どうやら『晩年』を焼いた篠川さんに怒りを抱いているらしい。俺は思わず相手を睨み返した。

「……病院にいるよ。その原因を作ったのは、あんただけどな」

この男に篠川さんをとやかく言う資格はない。言い返すことができなかったのか、田中は舌打ちしながら横を向いた。

「あんなことでもしないと、本を手放さないだろうと思ったんだ……あの女はぼくの同類に見えたからね。でも、ただの間違いだった。あの女は別に本が好きなわけじゃない。古書が好きな人間は、あんな真似を絶対にしない」

「なんでそんなことあんたに言いきれるんだよ」

誰がどう見ても、彼女は本が好きな人間だ。俺にはそういう人間が分かる。自分の家族にも「本の虫」がいたからだ。

しかし、田中敏雄は自説を曲げなかった。

「いや、言いきれるさ。ぼくの知る限り、コレクターは絶対に本を燃やしたりしない。どんな手を使ってでも、自分の手元に本を残そうとするはずだ」

まだ言うか。俺は反論しようとして、そのままなにも言えなくなった。

（どんな手を使ってでも、自分の手元に本を残そうとする）

頭の中でくすぶっていたいくつもの違和感が、不意に一つに繋がった気がした。

五日前のあの時——いや、もっと前からおかしいと思っていた。「大庭葉蔵」が店に来るのを待っていた時も。その前の『晩年』の件を打ち明けられた時にも。

いつのまにか、俺は椅子を蹴って立ち上がっていた。

そういうことだったのか。他に考えようがない。

「どうしたんだい？　顔色が悪いよ」

田中は不審そうに俺の顔を窺っている。俺はゆっくり首を横に振った。この男にだけは、絶対に悟られてはならないことだった。

「……そろそろ帰るよ」

また来る、と言いそうになってやめた。血が繋がっていることを打ち明けない以上、この男と話すことはもうなにもない。この先会う必要はないはずだ。俺は警官に声をかけて面会室を出ようとする。

「先月会った時から、思っていたけど」

田中が俺の背中に声をかけてきた。

「昔、どこかでぼくと会っていないか？　君相手だとつい長話をしてしまう……どこかで付き合いがあったように思えるんだ」

一瞬、俺は答えに詰まった。付き合いは確かにあった。俺たちではなく、祖父母の世代に。

「いや、見ず知らずの他人だよ、俺たちは」

病室のドアをノックしたが、返事はなかった。俺はドアを開けて中に入る。

篠川栞子はリクライニング機能つきのベッドで、マットレスにもたれて目を閉じていた。膝の上には開いたままの本がある。初めてこの病室に来た時とよく似た光景だった。

ようやく秋らしくなり始めた柔らかな光が部屋に満ちている。彼女のなめらかな頬や腕の産毛が白く輝いていた。やっぱり綺麗な人だと思いながら、椅子を引き寄せて座った。

椅子の脚と床がこすれて、耳障りな音が響いた。色々考えるうちに疲れてしまって、静かにする余裕がなかった。眼鏡の奥の薄い瞼がゆっくり開く。

篠川さんの目が腰かけている俺の存在に気付いた。その途端、慌てて恥ずかしそうにうつむいてしまう。眼鏡を直すふりをして、赤くなった頬を隠していた。

「あっ、あの……すみません……きょ、今日は……いらっしゃると、聞いてなかったので……」

「すいません。俺が急に寄ったんです」

彼女はそわそわと視線を彷徨（さまよ）わせる。これでも一ヶ月前に比べると、だいぶ打ち解けてくれたと思う。なにを言っているか分かりやすくなった。彼女は困惑したようにはにかんでいる。

これからしなければならない話のことを思うと、気が重かった。

「今日、田中敏雄に面会してきました」

黒目がちの瞳が動いて、ちらりと俺の顔を見る。頭の中で瞬時に色々なことを考えたのだろうが、

「……そうですか」

口にした言葉はそれだけだった。どんな話をしたんですか、と訊かれなかったので、俺の方が続けるしかなかった。

「篠川さんが本が好きだなんて、嘘だって言ってましたよ」

「……どうしてでしょうか」

「『晩年』を焼いたからみたいです」

「……五浦さんは、そのことについて……なにかおっしゃったんですか？」

「なんでそう言いきれるんだって言いました」

「……それは……あの、なににについての、話ですか？」

「篠川さんが本が好きじゃないっていう話です。他になにかあるんですか？」

「……」

ついに彼女は黙りこんでしまう。俺の表情や声の硬さが、ここへやってきた理由を物語っていたと思う。彼女も感づいているようだが、自分から打ち明けるつもりはないようだった。

「篠川さんは、本が好きですよね？」

「……だと、思います」

もうその返事はほとんど真相を口にしているようなものだ。

俺はラックの下段にある金庫を指差した。

「あの金庫、もう一回中を見ていいですか？」

彼女はなにも言わずに、パジャマのボタンを開けて胸元に手を入れた。日に焼けていない彼女の肌は青ざめて見えた。胸元から出てきたのは小さな鍵だ。俺は鍵を受け取り、それを使って金庫を開けた。

中には紫色の袱紗の包みが収められていた。残念なほどすべてが予想通りだった。

俺は椅子に戻り、膝の上で包みを開く。袱紗の中から一冊の本が現われた。白っぽい表紙に手書きの書名。ページの二辺が切り開かれていない、アンカットの状態だった。もちろん帯もついている。

慎重に表紙を開くと、そこには細い毛筆の書きこみがあった。なにもかも以前に見たとおりだった――『自信モテ生キヨ　生キトシ生クルモノ　スベテ　コレ　罪ノ子ナレバ』。

俺の膝の上にあるのは、焼けたはずの太宰治『晩年』の初版本だった。

「ここにあるのが、本物の『晩年』ですね」

俺は言った。それは質問ではなく、単なる確認でしかなかった。

「あの時燃やした本も、偽物だったんだ」

「……どうして、分かったんですか？」

篠川さんはか細い声で尋ねる。

「最初から不思議に思ってたんです。なんで……」

説明を始めようとして、俺は苦笑した。こんな前置きは俺には似合わない。いつもは彼女が真相を話し、俺はひたすら聞く方だった——立場があべこべだが、このまま続けるしかない。一応、謎を解いたのは俺なのだから。

「なんで、警察に通報しないのか、そうでなくても、他の誰かに協力を求めないのかって……それぞれに理由はありましたけど、俺と篠川さんだけで『大庭葉蔵』を見つけ出そうとしているのはやっぱり変でした」

「……」

「でも、決定的だったのは、五日前のあの時でした。後から思ったんです……俺が危険を知らせるメールを送ったのに、どうして篠川さんは病院のスタッフに助けを求めなかったんだろうって」

しかも、この人はわざわざ人気（ひとけ）のない屋上へ逃げた。他の人間がいる場所に逃げていれば、あの男に脅されることもなかったはずなのに。

「全部わざとやってたんじゃないかって思ったんです。篠川さんはなるべく他の人間が来ないところで、『大庭葉蔵』と対決する必要があった……その理由は一つしかない。篠川さんは『晩年』を燃やすところをあの男に見せたかったんだ。執念深いあいつが二度と自分の前に現われないようにするには、獲物の本はもう存在しないと思わせるしかない……違いますか？」

俺は言葉を切って彼女の返事を待つ。重い沈黙が漂っているだけだった。一言の弁解も説明もないことに、俺は無性に腹が立ってきた。

「でも、ただ呼びつけて本を燃やしても、不自然に思われるだけです。だから、あいつが『晩年』のありかを突き止めて、病院へ奪いに来るように仕向けてた……。志田さん、言ってました。『笠井菊哉』が本名じゃないってことは、『この業界で本が好きな人間なら気が付きそうなもんだ』って。篠川さんも気が付いてたんでしょう？　もちろん『大庭葉蔵』と『笠井菊哉』が同一人物だってことも見当がついてたんだ。それで、あいつがうちの店に出入りしていることを逆手に取ることにした……」

話は核心に入っていたが、それでも彼女はなんの反応も示さない。ただ黙ってうつむいているだけだ。手応えのなさに俺の苛立ちが募った。

「もともと、あなたは『晩年』の復刻版を何冊か持ってたはずだ。俺に復刻版の話をした時、『何冊か』買ったって自分で言ってました……店に展示させるものと、ここで燃やすものと二種類を用意したんでしょう。

店に出す方はいい加減な偽装しかしなかった。俺やあなたの妹さんでも違いが分かるぐらい……きっと『笠井』に見破らせて、本物のありかを俺に質問させるのが目的だったんだ。あいつを信用してた俺は、本物の場所を教えてしまった。

その一方で、あなたは燃やす方の復刻版には念入りに偽装を施したんです。紙を古びた感じに加工して、見返しにはきちんと太宰の直筆を真似て書きこんだ……間近に手本があるんだから、道具さえ揃っていればぱっと見だけ似せるのはそんなに難しくない。

あの時は夕方ではっきり見ることもできなかったのに、俺たちは完全に本物だと思いこんでた……その前にいい加減な偽装を見ていたせいで、きちんと偽装された復刻版が本物に見えてしまったんです。そういう心理的な効果まで狙ってたんでしょう？　俺も田中敏雄も、あなたにすっかり騙されてたんだ」

一気に語り終えて、俺はようやく息をついた。俺の推理は間違っていないはずだ。ここにある本物の『晩年』がなによりの証拠だ。

ベッドの上で石のように動かなかった彼女は、不意に深々と頭を下げてきた。口元から蚊の鳴くような声が聞こえてきた。

「……騙したりして、申し訳、ありません……」

俺は横を向いた。色々と騙されて、都合よく使われていたのはもちろん腹立たしい。しかし、俺の怒りの原因は他にもある。そっちの方が俺には重要だった。

「なんで一人で全部やろうとしたんですか?」

と、俺は言った。

「最初から本物の『晩年』を守るのが目的で、『笠井』が怪しいことも言ってくれれば、こんな危ない橋を渡らなくてもよかったじゃないですか」

五日前、下手をすると篠川さんはあの男に刺されていたかもしれない。俺が事情を知っていれば、もっと安全に『笠井』を病院に呼び寄せて本を燃やせたはずだ。ここまで慎重に罠を張ったのに、どうしてわざわざ危険な方法を選んだりしたのか。そのことになにより腹が立っていた。

病室はしんと静まりかえっている。俺は膝に両手を置いて答えを待った——やがて、篠川さんの唇がかすかに開いた。

「五浦さんが……協力、してくれないかと、思ったんです……」

かすれた声で彼女は言った。

「なんでですか? 協力するに決まってるじゃないですか」

この一ヶ月、俺たちはうまくやってきたはずだ。本の話をするのが好きな彼女と、聞くのが好きな俺。ほんのわずかだが、二人の間には特別なものがあると思っていた。少なくとも俺は彼女を信頼してきた。

「あなたは……本を読む人じゃない、から……」

言いにくそうに彼女はつぶやいた。

「……どんなことをしてでも、大好きな本を手元に置きたい、気持ちを……分からないかもしれない、そう思ったんです……たかが本のこと、だから」

雷に打たれた気分だった。病院の屋上であの男と向き合った時、俺ははっきり言った——たかが本のために、そこまでするのかよ。

あれは彼女をも刺す言葉だ。ここで働き始めた時から、そういう気持ちを俺が抱いていなかったとは言えない。なにしろ、俺は本というものとまともに接していなかった人間だ。本を大事にする人間の気持ちなど分からない。そのことを彼女は正確に見抜いていたのだ。

「あなたを、信頼しなければって……思っていたんですけど……」

彼女の言葉を遠くに聞きながら、俺はのろのろ立ち上がった。もう怒りはどこかに消えていた。後に残ったのは、今すぐ立ち去りたいという気持ちだけだった。結局、彼女とうまくいっているつもりになっていただけだ。

（本の虫ってのは同類を好きになるもんだから、難しいだろうけどさ）

まったくその通りだったよ、ばあちゃん。

俺はこの人のことを、なにも分かっていなかった。肝心な時にも信頼されない人間でしかなかったのだ。

「あ、あの、本当に……申し訳……」

「俺、店を辞めます」

「えっ」

彼女は目を丸くする。驚かれたことが逆に意外だった。

「これ、お返しします」

預かっていた店の鍵を、毛布の上に置かれた手のひらに押しつける。そして、大きく後ずさりをして彼女から距離を置いた。

「五浦さん……あ、あの、話を……」

慌てているような彼女の声を無視して、俺は深々と頭を下げた。これ以上、謝罪の言葉など聞きたくなかった。かえって惨めになるだけだ。

「短い間でしたが、お世話になりました」

エピローグ

そんな風にして、俺はビブリア古書堂を退職した。一度だけ店に行って、残りの給料を受け取ったが、篠川さんとは一度も顔を合わせなかった。

ただの無職に戻ったことに、一番怒り狂ったのは俺の母親だった。

「一ヶ月で辞めちゃうなんてなに考えてんの？　それじゃ、仕事の善し悪しも分からないじゃない。あんたね、無職の人間なんて昆虫ぐらいの価値しかないのよ？　働かないと人間食べていけないんだから！」

かなり好き放題のことを口にしていたが、俺が黙りこくったまま鬱々としているのを見て、言いすぎたと思ったらしい。次の日の朝、出勤前の母の書いたメモがキッチンに残っていた。

『あんたが食べる分ぐらいは稼いでいるので、落ち着いて次の仕事を見つけなさい』

たまにまともなことを言われるとこっちが困る。

正直に言って、自分がどうしてあの店を辞めたのかうまく説明できなかった。人間として信頼されていなかったからどうしたというのか。働いて給料を貰う分には、店員として評価されていればいいはずだ。結局、俺は彼女に店長と店員以上のなにかを求めていたのかもしれない。それが恋愛なのかどうかは分からない。本の話をする側とそれを聞く側という関係は、なんとも名付けようがなかった。

とにかく、職場の人間に妙な期待をしないことにしよう。特に年上の眼鏡の美人には気を付ける。俺は教訓を胸に刻んで、再び就職活動を始めた。

二週間ほどは何事もなく過ぎた。何枚もの履歴書を書き、説明会に参加するうちに、埼玉(さいたま)にある食品会社で最終面接に進むことができた。ひょっとするとうまくいくんじゃないか。そう思い始めた頃、突然携帯が鳴った。かけてきたのは篠川さんの妹だった。ためらいがちに挨拶を交わした後で、

「……店、どうなってる？」

俺は一番気になっていることを尋ねた。いきなり店員が辞めてしまって、とんでもない迷惑がかかったに違いない。しかし、彼女はさばさばした口調で言った。

『新しい店員さんが入るまで、ちょっと閉店してるの。あ、別に五浦さんが気にしなくてもいいからね。もともと、お姉ちゃんがいないのに店を開けてるのが無理だった

んだし』

そう言われても、後ろめたさは消えなかった。直接のきっかけになったのはどう考えても俺の退職だ。

『それよりもさ、ちょっと訊きたいことがあるんだけど』

突然、彼女の声が深刻そうになった。

『五浦さん、お姉ちゃんとなんかあったんだよね？』

今、俺が一番答えにくい質問だった。『晩年』のことは説明できないし、篠川さんとのことは、自分でもどういうことなのか説明できないのだ。

「うん、まあ……ちょっと」

『ちょっとってひょっとして……ちょっとあの巨乳に触っちゃったとか？』

「そんなわけねえだろ！」

『でも、ほんと大きいよね、お姉ちゃん。形もなかなかですよ』

明らかにからかわれているが、否応(いやおう)なしに想像力をかき立てられる自分が情けなかった。

「……電話切るぞ」

『ごめん、ちょっと待って！　お姉ちゃん、様子が変なの』

「え？」

『本をね、読まなくなったんだ』

俺は絶句した。病室にまで大量の本を持ちこんでいたあの人が？　一冊の本を守るために、周囲にいる全員を騙そうとしたあの人が？　ちょっと想像できない。

『五浦さんが辞めてから、ずーっとぼんやりしてて……せっかくもうすぐ退院なのに、元気がないんだ。だから心配になっちゃって。ちょっとでいいから、見舞いに行ってくれないかな？』

結局、行くとも行かないとも返事をしなかった。考えておくとだけ言って、俺は電話を切った。

それからしばらくの間、篠川さんのことが頭から離れなかった。元気がないのは気がかりだったが、本当に俺のせいなんだろうか。俺のことであの人がいちいち悩んだりするだろうか。

今さら顔を出すなんて気が進まない。はっきり信頼できないと言われたのに、なに食わぬ顔で世間話などできない。というか、あの口の重い篠川さんと世間話など成立するはずがない——しかし、元気がないのは気がかりだった。

思考のループから抜け出せないまま、気が付くと数日が過ぎていた。俺は埼玉の食品会社へ最終面接に行った。かなりいい感触だったが、緊張しすぎたせいか大船へたどり着いた時にはどっと疲れていた。

大船駅の改札を出て階段を下り、大通りに足を踏み入れた。また残暑がぶり返していたが、日が傾くとジャケットに袖を通したくなる。ようやく本格的な秋がやって来ていた。

大通りを歩いていると、ずっと先に大船総合病院の白い建物が見えた。まだ面会時間は終わっていないはずだ。

(……行ってみるか)

やっぱり篠川さんのことが気になる。でも、今日はもう遅い。明日の方がいいかもしれない。いや、思い立ったのだから今日のうちに――。

「……あの」

歩道のベンチの前を通りすぎた時、か細い声が聞こえた。二、三歩進んでから、ぎょっと振り向いた。

眼鏡をかけた髪の長い女性がベンチに座っていた。明るいチェックのスカートに無地のブラウスを着て、ニットのカーディガンを羽織っている。何年も前、見かけた時と同じように地味な服装だった――そういえば、パジャマ以外の服を見るのはこれが二回目だ。

「篠川さん……なにやってるんですか、こんなとこで」

「きょ、今日……退院して……」

小さくつぶやくと、二本の杖を使って立ち上がった。肘の支えがある、頑丈そうな杖だ。一瞬、手をさしのべようとしたが、彼女ははにかみながら首を横に振り、背筋を伸ばしてきちんと立った。退院が決まったとは聞いていたが、こんなに回復しているとは思っていなかった。

「……ここを、通るかも……と思って」

俺の体温が軽く上がった。このベンチで俺が通るのを待っていた、ということらしい。俺たちは数歩の距離を置いて向かい合った。

「退院、おめでとうございます」

とりあえずそう口にした。

「……ありがとう、ございます」

彼女はうつむいたまま言った。お互い話の接ぎ穂を失って、沈黙が流れた。どうして会いに来たんだろう、と俺は思った。

「なにか、あったんですか？」

俺が促すと、彼女は右手の杖だけで体を支え、左の手首に下げていたトートバッグを俺に差し出した。

「……こ、これを」

「え？」

「お預け、します」

戸惑いながら受け取って、バッグの中身を確かめる——俺は目を剝いた。入っているのは見覚えのある紫色の袱紗だった。まさか、と思いながら包みを開けると、一冊の古い本が現われた。例の『晩年』だった。見返しには太宰の署名もある。どこからどう見ても本物だ。

「な、なんですか、これ」

「も、持っていて、いただきたいんです……あなたに」

「どういうことですか？」

わけが分からなかった。これは周囲の人間全員を欺いてまで、彼女が手元に残しておきたかった古書だ。なによりも大事なものじゃないのか？

「あの……あなたを、信頼しようと……思って……」

絞り出すように言い、彼女は真っ赤になってしまった——そういうことか、と納得する。信頼する証に、自分の一番大事な本を預ける。つまり、彼女なりの仲直りの申し入れなのだろう。何百万円もする本でそうするあたりが、この人らしい。

俺はつい噴き出してしまった。この場合、笑った方が負けだ。まあ、気持ちだけで十分だった。

「こんなもの、受け取れません」

元通り本を収めたトートバッグを、篠川さんの手首にかけた。彼女の表情が凍りつくのを見て、慌てて話を続けた。

「本を読めない俺が持ってても意味ないです。篠川さんが持ってた方がいい……もし持っていたくなったら、いつでもそう言います。それより」

俺は背筋を伸ばして彼女と正面から向き合った。

「そろそろ、約束を果たしてもらっていいですか？」

「……約束？」

と、彼女は首をかしげる。

「『晩年』がどういう内容なのか、詳しく話してくれることになってたでしょう……約束したの、忘れたんですか？」

彼女の顔にぱっと笑みが広がった。まるで別人に切り替わったようで、俺は目を離せなくなった。

「いいですよ。こちらへどうぞ」

きびきびした口調で、彼女はベンチへ招き寄せる。さっそくここで話すつもりなのか。つくづく変わっていると思ったが、もちろん断る理由はない。俺は彼女から少し距離を置いて腰を下ろした。ちょうど『晩年』一冊分の距離だ。しかし、彼女は間隔を詰めてぴったりと体を寄せてくる。

触れているところから体温が伝わってきて、左半身がこわばった。『晩年』の話を聞いた後で、店に戻って欲しいと言われたらどうするか、ちらっと考えた。なんとか、就職が決まりそうな気配なのだが。

まあ、今はいいか。本の話を聞く方が先だ。

彼女は前を向いたまま、うって変わってなめらかな口調で話し始めた。

「以前も話したと思いますが、『晩年』は昭和十一年に刊行された、太宰治の処女作品集です。初版はたったの五百部でした。太宰はまだ二十代でしたが、この本のために十年を費やし、五万枚もの原稿を書いたといいます。収録された作品はその中のほんのわずかで……」

参考文献（敬称略）

夏目漱石『漱石全集　第八巻　それから』（岩波書店）
矢口進也『漱石全集物語』（青英舎）
内田百閒『漱石先生雑記帖』（河出文庫）
森田草平『夏目漱石』（筑摩書房）
小山清『落穂拾ひ・聖アンデルセン』（新潮文庫）
小山清『小山清全集』（筑摩書房）
今和次郎・吉田謙吉『モデルノロヂオ』（春陽堂）
ピーター・ディキンスン『生ける屍』（サンリオSF文庫）
ヴィノグラードフ　クジミン『論理学入門』（青木文庫）
太宰治『晩年』（砂子屋書房）
太宰治『太宰治全集・1』（筑摩書房）
梶山季之『せどり男爵数奇譚』（桃源社）
出久根達郎『作家の値段』（講談社）

あとがき

知らない駅で降りて、少し時間があると、古本屋を探す習慣がぼくにはあります。商店街の外れとか、踏み切りのそばで看板を見かけると、ふらふら入っていって、天井近くまである書架を順々に眺めていくのです。

新刊の本にはない、古本の独特の雰囲気が好きです。人の手を経るうちに、目に見えない薄い膜をまとっていったような——もちろん、新刊のぱりっとした感じも大好きですが。

本の扱い方は千差万別で、きれいに保管している人にも、栞の使い方や帯の取り外しにちょっとした癖があったりします。古本をめくっていると、内容だけではなく、どういう人が持っていたのかに興味を惹かれることがよくありました。

いつの頃からか、古書についての話を書いてみたいと思うようになっていました。北鎌倉を舞台にしたのは、昔からぼくがよく知っていて、ぼくの書きたいイメージに合った静かな土地だったからです。

ちなみにこのあとがきを書いている現在、北鎌倉駅周辺に（ぼくの知る限り）古書店はありません。なので主人公が働いている店にはっきりしたモデルはなく、ぼくが頭の中で作り上げたものです。もしぼくの高校時代にこういう店があったら常連になっていただろうな、と思いながら書いていました。

ただし、作中に登場する古書はすべて実在します。どれもぼくにとって愛着があり、なにかしら思い出のあるものばかりです。ぼくの書いたこの作品も、どなたかにとってそういう本であってくれたらと願っています。

この本の出版に関わったすべての方々、そしてこのあとがきを読んで下さっている皆さんに心から感謝します。

三上（みかみ）　延（えん）

三上　延

著作リスト

ビブリア古書堂の事件手帖～栞子さんと奇妙な客人たち～（メディアワークス文庫）
ダーク・バイオレッツ（電撃文庫）
ダーク・バイオレッツ２　闇の絵本（同）
ダーク・バイオレッツ３　常世虫（同）
ダーク・バイオレッツ４　死者の果実（同）
ダーク・バイオレッツ５　針の小箱（同）
ダーク・バイオレッツ６　常世長鳴鳥（同）
ダーク・バイオレッツ７　神の書物（同）
シャドウテイカー　黒の彼方（同）

シャドウテイカー2　アブサロム（同）
シャドウテイカー3　フェイクアウト（同）
シャドウテイカー4　リグル・リグル（同）
シャドウテイカー5　ドッグヘッド（同）
山姫アンチメモニクス（同）
山姫アンチメモニクス2（同）
天空のアルカミレス（同）
天空のアルカミレスII　テスタコーダの鬼（同）
天空のアルカミレスIII　アルカミレスキラー・ガール（同）
天空のアルカミレスIV　カストラの虜囚（同）
天空のアルカミレスV　聖婚の日（同）
モーフィアスの教室（同）
モーフィアスの教室2　楽園の扉（同）
モーフィアスの教室3　パンタソスの刃（同）
モーフィアスの教室4　黄昏の王女（同）
偽りのドラグーン（同）
偽りのドラグーンII（同）
偽りのドラグーンIII（同）
偽りのドラグーンIV（同）

メディアワークス文庫

ビブリア古書堂の事件手帖
～栞子さんと奇妙な客人たち～

三上 延

発行 2011年3月25日 初版発行
2013年2月1日 33版発行

発行者 塚田正晃
発行所 株式会社アスキー・メディアワークス
〒102-8584 東京都千代田区富士見1-8-19
電話03-5216-8399（編集）
発売元 株式会社角川グループパブリッシング
〒102-8177 東京都千代田区富士見2-13-3
電話03-3238-8605（営業）
装丁者 渡辺宏一（有限会社ニイナナニイゴオ）
印刷 株式会社暁印刷
製本 株式会社ビルディング・ブックセンター

ISBN978-4-04-870469-4 C0193

メディアワークス文庫 http://mwbunko.com/
アスキー・メディアワークス http://asciimw.jp/

本書に対するご意見、ご感想をお寄せください。

あて先
〒102-8584 東京都千代田区富士見1-8-19 株式会社アスキー・メディアワークス
メディアワークス文庫編集部
「三上 延先生」係

発行●アスキー・メディアワークス　は-2-3　ISBN978-4-04-886268-4

発行●アスキー・メディアワークス　は-2-4　ISBN978-4-04-886805-1

メディアワークス文庫

就職活動に疲れ切った女子大学生・小野寺美久が、ふと迷い込んだ不思議な場所。

そこは、親切だけど少し変わったマスターと、王子様と見紛うほど美形な青年がいる喫茶店『エメラルド』だった。

お伽話でしか見たことがないようなその男性に、うっかりトキメキを感じてしまう美久だった。

……が、しかしその王子様は、なんと年下の高校生で、しかも口が悪くて意地悪で嫌みっぽくて……おまけに『名探偵』でもあったりして……!?

どんな謎も解き明かすそのドSな『探偵』様と、なぜかコンビを組むことになった美久。

謎解き薫る喫茶店で、二人の騒がしい日々が始まる。

発行●アスキー・メディアワークス　お-2-1　ISBN978-4-04-891084-2